新版

小学语文同步阅读

桥

QIAO

谈歌——著

长江出版传媒 ｜ 长江文艺出版社

图书在版编目（CIP）数据

桥 / 谈歌著. -- 武汉：长江文艺出版社，2024.6
ISBN 978-7-5702-3559-9

Ⅰ. ①桥… Ⅱ. ①谈… Ⅲ. ①短篇小说－小说集－中
国－当代 Ⅳ. ①I247.7

中国国家版本馆 CIP 数据核字(2024)第 082036 号

桥
QIAO

责任编辑：周　聪　　　　　　　　　责任校对：毛季慧
封面设计：天行云翼・宋晓亮　　　　责任印制：邱　莉　　王光兴

出版：长江出版传媒 | 长江文艺出版社
地址：武汉市雄楚大街 268 号　　　　邮编：430070
发行：长江文艺出版社
http://www.cjlap.com
印刷：武汉中远印务有限公司

开本：640 毫米×970 毫米　　　1/16　印张：6.5　　　插页：4 页
版次：2024 年 6 月第 1 版　　　　2024 年 6 月第 1 次印刷
字数：62 千字

定价：22.00 元

目录

桥

　　黎明的时候，雨突然大了。像泼。像倒。

　　山洪咆哮着，像一群受惊的野马，从山谷里狂奔而来，势不可当。

　　村庄惊醒了。人们翻身下床，却一脚踩进水里。是谁惊慌地喊了一嗓子，一百多号人你拥我挤地往南跑。近一米高的洪水已经在路面上跳舞了。人们又疯了似的折回来。

　　东面、西面没有路。只有北面有座窄窄的木桥。

　　死亡在洪水的狞笑声中逼近。

　　人们跌跌撞撞地向那木桥拥去。

　　木桥前，没腿深的水里，站着他们的党支部书记，那个全村人都拥戴的老汉。

　　老汉清瘦的脸上淌着雨水。他不说话，盯着乱哄哄的人们。他像一座山。

　　人们停住脚，望着老汉。

　　老汉沙哑地喊话："桥窄！排成一队，不要挤！党员排在后边！"

有人喊了一声："党员也是人。"

老汉冷冷地说："可以退党，到我这儿报名。"

竟没人再喊。一百多人很快排成队，依次从老汉身边奔上木桥。

水渐渐蹿上来，放肆地舔着人们的腰。

老汉突然冲上前，从队伍里揪出一个小伙子，吼道："你还算是个党员吗？排到后面去！"老汉凶得像只豹子。

小伙子瞪了老汉一眼，站到了后面。

木桥开始发抖，开始痛苦地呻吟。

水，爬上了老汉的胸膛。最后，只剩下了他和小伙子。

小伙子推了老汉一把，说："你先走。"

老汉吼道："少废话，快走。"他用力把小伙子推上木桥。

突然，那木桥轰的一声塌了。小伙子被洪水吞没了。

老汉似乎要喊什么，猛然间，一个浪头也吞没了他。

一片白茫茫的世界。

五天以后，洪水退了。

一个老太太，被人搀扶着，来这里祭奠。

她来祭奠两个人。

她丈夫和她儿子。

绝 品

民国初年。保定城南有一家装裱店。店主姓常。三十几岁，穿长袍，很斯文，人们叫他常先生。

常先生没有雇佣伙计，自己装裱字画，手艺很神，一些模样落魄的旧字画到了他的手里，一经装裱，便神气崭新。

常先生是外埠人。几年前到了保定，开了这店，常先生无有家室，常常一个人到保定望湖楼来饮酒。常先生善饮，久之便与刘三爷相熟了。

刘三爷是保定富户，三代经营绸缎，颇有些家财。闲来也做些收藏生意。

三爷是望湖楼的常客，保定的酒楼茶肆是富商们谈生意的地处。三爷来望湖楼是奔生意而来。三爷不饮酒，上楼只喊一壶茶。有时没有生意，三爷便与常先生闲聊神侃。常先生学问大，善谈。三爷考过秀才，饱学。两人渐渐淡得入港，由此熟了。三爷就常常到常先生店里购些字画收藏。常先生也偶尔推荐一些字画给三爷。三爷爽快，凡是常先生推荐，一概买下，且从不斩价。三爷的娘子马氏放心不下，瞒着三爷，让下人拿着字画到京城找行家鉴定。皆货真价实。如此几回，马氏也就不再疑。三爷后来知道，就讥笑："妇人之见。"

那天，三爷又与常先生在酒楼闲侃，侃了一会儿，三爷就问："我真是不懂，今天冒失地问一句，先生目力老到，辨得真伪优劣，如何不做些收藏生意？"

常先生呷一口酒，笑道："凡事依性情而定。三爷是聚财的性子，我是散财的脾气，好东西到了我手里，只怕是日后嘴馋挨不住，要换了酒吃的。"说完，就笑。

三爷也笑了。

常先生左右看看，凑近三爷。低了声音道："我手上现有一张古画，主顾要大价钱。我劝三爷吃进，三爷可否有意？"

三爷笑道："先生替我看中，买进便是。但不知那边开价多少？"

常先生道："三千大洋。"

"三千？"三爷倒吸一口气，就有些口软。

常先生笑道："我仔细看过，此画实为无价之宝。唐代珍品。委实是主顾急着用钱，才忍痛抛出。三爷不可错过机会。"

三爷点点头："既然先生已经认定，我明日凑足银子就是。"

常先生又道："三爷若收下此画，万不可示人。若是有人开价，出多少也是不能卖的啊。"

三爷看常先生一脸郑重，点头说记下了。

三爷回家告诉了马氏，让马氏去凑足大洋。

马氏听得呆了："什么宝贝？值这么多？"

三爷道："常先生看中，断不会错的。你莫要再多言了。"

第二天，常先生携一布包，来到三爷家中。三爷屏去下人，又关门闭窗，常先生才打开布包，里边又是布包，如此四五层，最后取出一幅画来。打开，那纸已泛深黄。但托裱一新。

三爷埋头看画，却看不出名堂，抬头淡然一笑："刘某眼拙，还望常先生指点。"

常先生笑了笑，就把画卷好，重新包裹严密，双手交与三爷，郑重说一句："三爷啊，关于此画。我不再多说，此画价值连城，悉心藏之啊。"

三爷也庄重接下："刘某记下了。"就喊进马氏，取来三千大洋的银票，交与常先生。

常先生就告辞。

第二天，三爷刚刚起床，下人来告，说常先生的店铺被官府抄了，已查封，常先生也不在店里。

三爷惊了脸，半晌说不出话来。

常先生从此失踪，保定街上便传常先生原是江洋大盗，犯了重案，改名换姓，来保定藏身。三爷听过，无动于衷。

又过了些日子，马氏终是放心不下那幅画，差下人到京城请来一位古董行家，鉴定那幅画。

那行家认真看过，一阵无语之后，长叹一声："此画不假，可惜是揭品，便不值几文了。"

三爷一怔，忙问何为揭品。

行家道："所谓揭品，即一张画分两层揭开。这非是一般作假者能所为之。此画更为厉害的，是将一张画揭为两张，且不露一点痕迹。这张是下边的一层，不值钱的。但此画揭得平展，无痕，匀称，也算得上世上罕见的装裱高手所为了。"

三爷听得发呆，许久，点头称是，就送走了古董行家。

马氏忍不住心疼地骂起来："姓常的黑心，坑了咱三千大洋啊。"

三爷登时沉下脸："不可胡说，我与常先生非一日之交，他坦荡爽直，怎么会哄骗我。千虑一失，或许常先生走了眼。即使常先生知此内情，也或许另有难言之隐。不可怪他。"

马氏就不敢再说。

这年冬天，常先生竟又回到保定。夜半敲动三爷家的门。三爷的下人急忙来报。

三爷大喜过望，披衣起床，忙不迭喊下人摆下酒席。

二人相对坐下，刚刚要举杯，马氏进来，讥笑道："常先生果真走了眼力，卖与我家老爷一张好画?"

常先生一愣，旋即大笑起来。

三爷怒瞪了马氏一眼，也笑："不提不提，吃酒吃酒。"

先生喝了一会儿酒，叹道："我与三爷相交多年，甚是投缘。或许就今夜一别，再不能相见了。"

三爷道："常先生何出此言？我观先生举止不凡，将来或许能成大事啊。"

常先生哈哈笑了："多谢三爷夸奖。"就大杯痛饮，十分豪气。

喝罢酒，天已微明。常先生就告辞。

三爷依依不舍："常先生何日再回保定?"

常先生慨然一叹："三爷啊，人在江湖，身不由己啊。"说罢，重重地看了三爷一眼，拱拱手，大步出门去了。并不回头。

三爷急急地送出门去，在晨雾中怔怔地呆了半晌。

再一年，三爷店铺中的伙计到京城办货，回来后战战兢兢地告诉三爷，说亲眼见常先生在京城被砍了头，罪名是革命党。临刑前常先生哈哈大笑，面色如常。

三爷听得浑身一颤，坐在椅子上一动不动，泪就匆匆地淌下来，直打湿了衣襟。

马氏听了，一声冷笑："真是报应，那次被他坑去了三千大洋。"

三爷暴喝一声，直如猛虎一般。

马氏一哆嗦，不敢再说，悄悄退下去了。

入夜，三爷独自关在房中，把常先生帮他买下的所有字画，其二十余幅，挂在房中，呆呆地看。看久了，就含了泪，叹一声。直看到天光大亮，才一一摘下，悉心收起。

又过了几年，战祸迭起。三爷的生意便不再好做。后来军阀在保定开战，一场大火，三爷的店铺皆烧尽。祸不单行，又一年，三爷又让土匪绑了票，索去许多财物，一个大大的家业就败落下来。三爷也就病倒在了床上。

这一年冬天，保定来了一个姓王的商人，收购古董字画。马氏就瞒着三爷，把三爷的收藏拿去卖了。下人偷偷地告诉了三爷，三爷大怒，让下人喊来马氏。

三爷黑下脸怒问："你怎么敢去卖常先生帮我买进的字画？"

马氏便落泪哀告："家中已经败落到这步田地，我拿去换些钱，也好度日啊。"

三爷看看马氏，许久，长叹一声，无力地摆摆手："你也不易，我不再多说了。"就让马氏取来卖字画的钱，颤颤地下了床，拄一根拐杖，顶着细细的雪花，到

— 9 —

客栈去寻那姓王的商人。

王商人听了三爷的来意，皱眉道："已成交，怎好反悔？"

三爷摇头叹道："好羞惭人了。先生有所不知，这些字画，都是一位朋友帮我买进，说好不卖的。"就把常先生的事情细细说了一遍。

王商人听得呆了，愣愣地点点头，就把字画退给了三爷。

三爷谢过，把钱退了，让下人提着一捆字画告辞。

王商人送到客栈门前，忍不住叮嘱一句："刘先生，这些字画大多是国宝，还望您悉心收好才是啊。"

三爷一怔，回转身笑问："敢问其中一幅唐代珍品，不知真伪如何？先生慧眼，请指教一二。"

王商人笑道："那幅画为宝中之宝，实为揭裱后倒装置了。"

三爷忙问："何为倒装置？"

王商人道："所谓倒装置，即把原画揭为三层，后倒装裱。我猜想装裱者担心此画被人夺走，才苦心所为。此画装裱实为绝技，天下一流。论其装裱，更是绝品。古人云，画赖装池以传。果然是了。"

三爷听得迷了，就问："先生可能复原？"

王商人摇头叹息："若复原，怕是要有绝代高手才行。我家三代做收藏生意，父辈只说过有倒揭两层者的绝技，不承想还有倒揭三层者的。今日算是开了眼界。"

三爷点点头，又问一句："王先生做收藏生意，不知收藏可卖？"

王商人正色道："不敢。祖上有训，饿死不卖收藏。"

三爷微微笑了，赞叹一句："好。"就让下人把那捆字画交与王商人："这捆画，我送与先生了。"

王商人愣住："刘先生此为何意？"

三爷郑重地再说一句："我送与先生收藏。"

"如何使得？使，使，使不得啊。"王商人惊了脸，口吃起来。

三爷叹道："我自知不久人世，已无意收藏。这些都是国宝，我恐家人不屑。送与先生收藏，我终于算是对得住常先生了。"就唱一个喏，转身走了。

门外已经是漫天大雪。

王商人追出门来，呆呆地看刘三爷由下人搀扶着一路去了。

雪，哑哑地落着。

四野一时无声。

瓷 人

民国 20 年前后，保定东大街有了一家店铺，专门烧制瓷人。师傅姓梁，名宝生，三十几岁的样子，自称德州人氏，手艺由祖上几代传承下来。梁师傅的店铺，没有雇用伙计，忙里忙外就他一个人。店铺的字号：瓷人梁。有些街人并不知道梁宝生的名字，干脆喊他"瓷人梁"。梁宝生有一妻一子，从不来店铺抛头露面。有人看到过，梁宝生曾在保定庙会上游玩，妻子小他几岁，儿子刚刚会走，一家人其乐融融，其状陶陶。

梁宝生的店铺后边，用红砖垒了一个窑。不大，五步见方。如果有了生意，凑成一窑，梁师傅才去点火。若是主顾急用，便要另外加钱，当下就可起火点窑。没有主顾上门时，梁师傅便在店中闲坐，沏一壶茉莉花茶，慢慢地细饮，或有滋有味地哼着戏文，或有一句没一句地听着街上的各种叫卖声。

东大街口的菊花胡同里，住着一位唱戏的先生，名叫张得泉，这一年四十岁出头儿。张先生是唱河北梆子的，是那年间保定的名角儿，他手里有一个戏班子。街人都尊敬，称他张先生，或者张老板。梁宝生听过张先生的戏，爱听，而且上瘾。套用一句时下的流行语，梁宝生是张得泉的铁杆"粉丝"。

那天，张得泉进了瓷人梁的店铺。梁宝生抬眼一搭，目光就亮了，忙放下茶壶起身，拱手迎了，笑呵呵地说："张先生来了，小店生辉了。"张得泉也抱拳寒暄了一句："梁老板，客气了，客气了！"撒开眼睛在店里货架前闲逛，梁宝生站在一旁小心翼翼地搭讪："张先生喜欢这个？"张得泉点头，悠悠地说："真是喜欢。只是听人讲，今天头一回来，果然不错。"说着，便回过头来，看着梁宝生，笑道："劳烦梁老板，给我捏一个像如何？"

虽是初冬时节，街上的阳光却很好，无数阳光漫进店里，店里亮亮堂堂，梁宝生很阳光地笑笑："谢谢张先生照顾，只是价钱很贵。"

张得泉摇头笑笑，略带讥讽地说："着实贵了些，梁老板岂不知，一分利撑死，九分利饿死？这等价钱，能有几个主顾上门呢？莫非您三年不开张，开张吃三年？"

梁宝生稳稳地一笑："张先生说笑了，梁某的店铺，小本经营，能够哄饱全家的肚皮，就算勉强了，岂敢奢望流水般挣钱。再者，梁某也不想把祖上的手艺卖低了。"

张得泉诚恳地说："我的确喜欢，梁老板，还还价钱如何？"

梁宝生摇头说："张先生啊，如果您真的喜欢，就不应该在乎这个价钱么。"

张得泉商量的口气："您开口言价，我就地还钱么。"

梁宝生继续摇头："真的不让。小店生意言无二价。"

张得泉的目光就涩了："唉，那您这买卖怎么开啊？"

梁宝生认真地说："不瞒张先生，梁某就是给那些有钱人开的，并不想赚穷人的钱。"

张得泉笑问："您看我是有钱的主儿吗？"

梁宝生双手一摊："张先生啊，您这话可就透着不实在了，您是名角啊，唱一出得多少大洋？怎么会没钱呢？您还养着一个戏班儿呢。"

张得泉无奈地摆摆手，笑道："行了，行了，我不跟您扛嘴了。就按您说的价钱，给我捏一个吧。"

梁宝生便让张得泉坐下，重新沏了一壶茶，给张得泉斟了，去店后边取出了窖泥，在张得泉对面坐了，与张得泉说说笑笑搭着闲话，眼睛却细细瞄着张得泉，手里更是紧忙活着，一支烟的工夫，给张得泉捏好了一个像，放到了桌上，张得泉仔细看过，连声叫好。梁宝生又细细地收拾了一番，就算完成了。二人便说定，三天之后，烧成瓷人，张先生便来取货。张得泉放下定金，便走了。

三天之后，张得泉派跟包儿的小刘来取货。梁宝生把烧制好的瓷人用草纸仔细包裹了，装了盒子，又扯了纸绳儿，十字捆扎了，对小刘说："转告你们张老板，我今天晚上请他吃涮羊肉。"

小刘回去捎了话。张得泉撇嘴一笑，没有当回事儿。他觉得梁宝生就是一个黑下心挣钱的生意人。涮羊肉的事儿，也就是嘴上说说。谁知道，到了晚上，张得泉散场的时候，梁宝生竟在剧场后台的门口站着，正候着张得泉呢。等到张得泉卸了装，走出来，梁宝生忙迎上去，拱手笑道："张先生，我答应过您，今天晚上请您吃涮羊肉。东来顺的馆子我已经定下了。"

张得泉愣怔了一下，就笑了："梁老板啊，怎么好意思让您破费呢？"

梁宝生认真地说："我说过的，请您吃涮羊肉。我知道您好这一口儿啊。"

张得泉听出梁宝生是真心实意，便随口笑道："也行啊，您赚了我的钱，自然要请我一顿儿了。"

梁宝生笑道："那咱们走着？"

张得泉爽快地答应："走着。"

二人便去了保定东来顺，东来顺的老板已经留好了雅间。老板姓马。张得泉笑道："马老板啊，您这买卖挣了白天，晚上也不歇着，还有夜宵啊？怪不得您发财呢。"马老板很商业地笑了笑："这不是梁老板订下的桌么，马某敢不伺候吗？张先生，甭取笑我了，您里边请吧。"

　　进了雅间，只见桌上的木炭火锅已经点燃，马老板将香菇、虾仁、枸杞子、红枣、姜片等放进锅中，桌上已经摆好几盘上好的羊肉，另有麻酱、辣酱、韭菜花、酱豆腐，葱姜蒜末等小料，一应俱全。还有一坛陈年的山西汾酒。

　　张得泉拿起汾酒，打量一下，笑道："马老板，您也知道我喜欢这一口儿？"说着，就启开了酒坛，浓烈的香气就冲撞了出来。

　　马老板嘿嘿笑道："哪里哟，这些都是梁老板吩咐的。"

　　二人相对坐了。梁宝生捉起那一坛酒，斟满了两只杯子，笑道："张先生今晚只管畅饮，酒钱么，梁某断不会皱眉。"

　　张得泉笑了，端起酒杯："好！好！来，干了这杯！"

　　窗外冬夜沉沉，北风猎猎。屋内二人吃得热火朝天。

　　一坛酒吃尽，二人放了筷子，梁宝生眯缝着眼睛笑道："张先生，吃得怎样？"

张得泉抓起桌上的热毛巾，擦了擦脸，大笑："大快朵颐，痛快淋漓啊。"

梁宝生接上一句："那明天我还请您，如何？"

张得泉哈哈笑道："当然最好，张某吃得上瘾了。"张得泉认为梁宝生客气一下就是了，谁知道，第二天晚上，他刚刚卸了装，正端着小茶壶喝茶呢，小刘就跑来告诉他："张先生，瓷人梁在外边等着呢。说今晚还是请您去吃涮羊肉。"张得泉怔了一下，忙放下茶壶，起身出来。果然，梁宝生正在门口站着呢。张得泉连连摆手道："梁老板啊，您也太客气了。我不能再吃您了。"

梁宝生笑了："您昨天可是答应了，您可不能爽约啊。"

张得泉苦脸说："哎呀，我只是一句玩笑，您怎么当真了？"

梁宝生认真地说："我可没听出您是玩笑。"

张得泉只好点头："好，咱们走着。"

于是，梁宝生就又请张得泉去了东来顺。吃过之后，梁宝生笑道："明天我还得请您。"张得泉笑道："您不会有什么事情求我吧？梁老板，我张得泉可就是个唱戏的，大家捧我，我就算是个角儿，大家不捧我，我就是臭狗屎。我无职无权，什么事情也办不了的。您如果有什么话，就请直说吧。"

梁宝生笑道："张先生啊，您放心，我并无事情求告于您。您就放心吃。"

张得泉呆呆地看着梁宝生，突然也来了兴趣，他真不明白梁宝生为什么总请他吃饭。就笑道："您的意思是……咱们明天……继续吃?"

梁宝生认真说道："当然要吃! 吃!"

张得泉击掌笑道："吃就吃!"

第三天晚上吃过，梁宝生又要定下第四天，张得泉却是高低不肯了："您为什么总请我吃饭? 否则，从明天开始，我一连请您三天，这三顿涮羊肉，我一定得让您吃回去。要不然，我睡觉都不安稳了。"说到这里，张得泉目光狡黠地盯着梁宝生。

梁宝生噗嗤笑了："张先生啊，您一定想多了，那我就实话实说了吧，我那瓷人么，本是个手艺活儿，卖高卖低，只由我说了算。那天我不还价，只是我不愿意降低价格。您一再要求，我看出您的意思了，您是真想买，可是我既然说了，就不能降价了，您的面子就伤了。我这心里就不好意思了，只好请您吃几顿饭，这饭钱么，就抵了那瓷人的价钱了，就算是我退给您钱了。我还落一个陪吃。这么算来算去的，还是我占您的便宜了。"

张得泉听得直摇头："哎呀，梁老板啊，这就不对了么，您讲的这不是道理么。您做的是生意，您漫天要价，我就地还钱。您没有什么不好意思的。您这样一来，张某倒不好意思了哟。"

梁宝生认真地说："还有一句，我还没说呢。您有所不知，我是您的戏迷啊。您想啊，这天底下，哪有戏迷不捧角儿的呢？"

张得泉听得点头："如此说，我也真应该请您吃一顿了，没有君子，不养艺人，您是我的衣食父母啊。您如果不吃，那也行，我得请您白看三天戏。"

梁宝生摇头："不行，我知道，您的戏票贵，前排坐是十块大洋一张票。我不能占您这个便宜。"

张得泉坚决地说："不成，我都依了您三回了，您总得依我一回，我一定得请您看戏。"

梁宝生无奈地说："如果这样，我就再白送您三个瓷人。"

张得泉怔了一下，哈哈笑了："戏换瓷人？一言为定！"

"瓷人换戏，一言为定！"

由此，张得泉与瓷人梁交上了朋友，二人便是来往走动了。张得泉没戏的时候，便来"瓷人梁"闲坐，找梁宝生喝茶聊天儿。满条街都知道瓷人梁结交了名角儿张得泉。

那天，张得泉的表弟曹正文来张得泉家串门儿，曹正文是保定府的秘书长，此人处世有些霸道，官声不大好。张得泉心中看不起他，面子上却也不好得罪。张得泉近些年在保定唱戏，也依仗了曹正文的保护，都知道他是曹秘书长的表哥，白看戏的很少。城里的地痞无赖，轻易也不敢找张得泉的麻烦。张得泉常常自嘲，说这个表弟只是他餐桌上的一块臭豆腐。气味不好，下酒佐餐却是可口得很。

曹正文看到了张得泉书架上摆放的几个瓷人，曹正文喜欢收藏，年头儿久了，颇是长了些眼力，他欣赏了一番，叹道："表哥啊，都说'瓷人梁'的东西好，我只道是个虚名儿，今日一看，倒是叫我青眼相看了。这几个瓷人，不仅捏制得妙，烧的火候也妙，颜色变化得也妙。可说是妙趣横生，妙不可言啊。"

张得泉笑道："表弟啊，不必如此夸奖了，你要是喜欢，你就挑拣两个拿走。"

曹正文摆手笑道："君子不夺人之美，我明天去买几个就是。"

第二天，曹正文便去了"瓷人梁"，一问价钱，却皱了眉头。他对梁宝生道："梁老板，且不说曹某是政府秘书长，我也是张得泉先生的表弟啊，您总要给我些面子吧？价钱上您一定得让一让。"

梁宝生笑道："曹先生啊，梁某怎么不知道您是大名鼎鼎的秘书长呢，我当然也知道您是张先生的表弟。可这与您买瓷人是两回事啊。这东西本来就是一个闲情逸致，如果您有这份儿闲钱，您就没有必要跟我讲价钱。如果您没有这份闲情，您何苦花这个钱呢？情知，我开的是买卖，我得指望着它吃饭呢。曹先生啊，真是对不住您了，小店不还价钱。"

曹正文无话可讲了，便来找张得泉，让他去找梁宝生去讲价钱。

张得泉摇头说："表弟啊，莫怪梁老板不给你面子，人家指着这玩意儿吃饭呢，我怎么好去跟他压价呢。"

曹正文不高兴了："我也就是看着'瓷人梁'是表哥你的朋友，才不好为难他的，我若是耍起蛮来，白拿他几件，他有何话讲？我来求你，也是给你的面子，更是给他的面子。"说到这里，曹正文的脸色就阴沉了。

张得泉没词儿了，摆手苦笑道："行了，行了，表弟啊，如果你这么说，我也就无话可说了。得了，我就破一回规矩，去跟梁老板说说。"

转天，张得泉对曹正文说："得了，我说好了，你就去吧。梁老板低价钱给你做十件货。"

曹正文非常高兴，就到了瓷人梁的铺子，说明了情况，就定做了十件货。

取货那天，曹正文笑道："梁老板，我真的有些不明白了，我那天跟您还价，您咬定不让，如何我表哥来说了，您就低价做了这十件呢？莫非我这秘书长的身份，真赶不上我表哥的名声吗？"

梁宝生淡淡地说："曹先生啊，您如果不问，我也就不说了，因为张先生不让我讲。您一定要问，我就告诉您了，您还下的价钱，张先生已经替您付过了。我这生意，也不怕您笑话，梁某只认顾客，只认价钱，从来不认朋友，比如张先生；也不认长官，比如您曹秘书长。为什么？如果都认下来，梁某这买卖就开不下去了，一家大小就要喝西北风了。您说，是不是这么个理儿呢？"说到这里，梁宝生抱拳道："梁某小气，让您见笑了。"

曹正文的脸就涨红了，尴尬地笑笑："说的是了，是了。"

张得泉后来知道了，就叹道："梁师傅啊，我这位表弟您不好得罪啊！"

梁宝生笑道："张先生啊，有您这位表哥，那曹秘书长怎么好破脸来找我的麻烦呢？他或许成了我的老主顾呢。"

张得泉一怔，哈哈笑了："宝生啊，您真是……哈哈！"

真让梁宝生说中了，曹正文果然就常常来"瓷人梁"，定制瓷人，再不还价。

春雨蒙蒙的一个下午，街上稀少了行人，张得泉来到了"瓷人梁"，进门就说："宝生啊，有人送了一包'雨前'，咱们品品味道。"梁宝生也笑道："好极了。"

就把店门关了，烧了一壶水，二人把茶沏了，细听着满街的雨声，对坐着聊天儿，正聊得兴致浓厚，店门一推，进来了一个青年男子，高个头儿，粗眉毛，大眼睛，他收了手里的油纸伞，伸到店门，抖擞了一下雨水，再把伞立在了墙角，拱手问："我找梁宝生师傅。"

梁宝生急忙起身迎了："我就是梁宝生，不知先生？……"

青年连忙自报家门："梁师傅，我是您的同乡，名叫丁也成。我是德州深县李县长的亲戚，是他介绍来的。"然后就掏出一封信，双手递给了梁宝生。

梁宝生细细地看罢了信，眉头皱紧了，眯缝着目光，认真打量了一番丁也成，旋即，他的脸上又非常热情起来，请丁也成坐下喝茶，又把张得泉引见了，然后笑问道："是啊，李县长是梁某的表亲。既然您是李县长亲戚，自然也就是梁某的亲戚了。他推荐您来，您就不用客气了。不知丁先生找梁某何事？"

丁也成说："梁师傅，晚生此来，是要跟您学手艺的。"

梁宝生对张得泉呵呵笑道："张先生啊，您看，梁某还真是有了些薄名。"又问丁也成："丁先生在保定可有亲朋好友？食宿如何打理？"

丁也成脸微微地红了，不好意思地说道："除了您之外，保定并无亲戚了。我也是初来保定，一路打问才找到这里。昨天夜里，在车站的客栈里住了。"

梁宝生哦了一声，点头笑了："既然是李县长介绍您来的，我便同意了。您若是没有住处，就搬到店里来住吧。夜里，也好替我看看店。"

丁也成高兴地连连鞠躬："本以为梁师傅不肯收徒，如此一看，梁师傅果然大度。我这就回客栈收拾行李，就搬到店里来吧。"

梁宝生笑道："丁先生去吧。"

丁也成答应了一声，撑起油纸伞，匆匆地出门走了。梁宝生并未起身，只是虚着目光，送丁也成出了店门。张得泉疑惑地问："宝生啊，我可从来没有听您说过，您有李县长这么一门亲戚啊？再者，我看您刚刚的言谈话语之间，似有些夸张，用我们的行话讲，您的戏演得过了。这其中莫非有诈？……"

梁宝生笑了："张先生啊，您果然神目如电，我哪里有什么李县长的这门亲戚，我只有过一位姓李的表哥，在县里做过几天的师爷，也已经去世多年了。想必这位丁也成不知道此事，他只是望风捕影，冒名来的。"

张得泉惊了脸："如此说，这封信是伪造的？难道您看出来了？"

梁宝生苦笑道："我如何看不出，当然是假的了。"

张得泉拍案而起："宝生啊，光天化日之下，如此诈骗，您何不将他送到局子里去呢？我这就去找警察来，捉他就是了。"

梁宝生忙拦住张得泉，摇头笑道："且慢！且慢啊！张先生啊，且听我说，即使您把警察喊来了，警察又能如何处置？他丁也成诈骗我什么了？不就是一封假信么，我若不认，他便说找错人了，我还有何话说？"

张得泉口吃了："这……"却又怒道，"至少您也不应该收留他啊。"

梁宝生摆摆手："张先生，莫急，实话实说，我委实有些投鼠忌器啊。我刚刚仔细看过这封假信，语句通顺，字迹灵秀，他有这种手段，造假肯定是一流水平，即使送到局子里，关上些日子，放也就放了，他还要到别处招摇撞骗。我思想了一下，莫不如让他跟我学习这个烧瓷的手艺，我也认真教他，捎带着也教授他一些为人处世的道理，也免得他出去造假，危害市井啊。张先生啊，您岂不知小人有才，祸国殃民啊。或许我教他一段时间，他也能改了些心性，那世上便是多了一个手巧的工匠，少了一个有才的小人啊！"

这一席话，讲得张得泉呆住了，好一刻，他感慨地长叹一声："宝生啊，您果然是一个有心的人啊，张某自愧不如了！"

丁也成就留在了"瓷人梁"，跟着梁宝生学烧瓷的手艺。

日子像水一样流着，一年过去了，梁宝生悉心教授，丁也成努力学习，捏出人像来，竟然也是惟妙惟肖了。

那一天，梁宝生说："也成啊，你已经跟了我一年，你是一个聪慧敏捷之人，我这手艺，你已经学得青出于蓝，你可以出去自立门户了。"

丁也成听了，脸上便流露出依依的表情："师傅啊，可是……我并不想走啊。"

梁宝生笑道："天高任鸟飞么，你怎么能一辈子留在我这小店里呢。走吧！大丈夫志在四海，怎可拘泥一隅呢。"

梁宝生的话讲得决绝，丁也成不好再坚持，便在保定饭庄摆了一桌酒席，答谢梁宝生一年来的教授之恩，并请求师母并师弟都来赴宴，却被梁宝生推辞了："也成啊，你师母从不出头露面，你师弟年纪尚小。若是过来，便要搅了酒兴。"丁也成便要求请张得泉先生过来作陪。梁宝生点头笑道："如此最好！"

保定饭庄坐落在莲池东岸，饭庄四周，杨柳依依，春色非常可人。三人进了饭店，便在雅间坐了。三杯酒过后，张得泉笑道："日子真似打了飞脚啊。去年似乎也是这个时节，也成来'瓷人梁'拜师学艺，转眼竟是一年过去喽！"

丁也成羞涩地一笑："其实，我瞒过了师傅，今天徒儿要走，便要实话实说了，我并不是李县长的什么亲戚。也并不认识什么李县长。李县长的那封信，其实是我仿写的。"

梁宝生哦了一声，木木地看着丁也成，神色茫然不知就里。

丁也成叹道："师傅啊，您为人纯朴仁厚，君子品行，我真不应该欺以其方啊。今天想来，也成还是羞惭得很啊！"

张得泉忍不住了，哈哈笑起来："也成啊，你以为你师傅呆么？他本来就知道你是假冒的。只是他看你心灵手巧，敏捷聪慧，他才收下你的。这一年来，你师徒二人朝夕相处也有了情谊，你这番话但说出来，也就无妨了。"

丁也成惊异地看着梁宝生："师傅啊……"

梁宝生笑道："一个手艺上的事儿，你学了就是。不说这个了，喝酒！喝酒！"

丁也成惊讶了一下。脸就腾腾地红了。

梁宝生喝了一口酒，笑道："也成啊，世间的手艺么，都是磨心性的事儿。我也希望你学了这一年，便是改了性格。人生在世，还是要诚实为本啊。"

丁也成长叹不已，他说："师傅啊，也成自当铭记了。"

张得泉举杯笑道："说的是，说的是啊！来，都过去了，喝酒！"

谈兴浓厚，酒就吃得多了，一直吃到太阳西斜。丁也成饮罢了最后一杯酒，神情庄重，起身说道："青山不倒，绿水长流，日后也成发达了，再来看望师傅与张先生。"

梁宝生拱手笑道："花开花落，云卷云舒。也成啊，我观你气色不俗，将来必定有一番人生造化，你就安心做事，不要将梁某挂记在心上了。"

三人走出酒店，丁也成跪下，向梁宝生磕了三个头，抬起身，又朝张得泉抱拳拱手："张先生保重！"便踩着满街的夕阳大步走了。

张得泉望着丁也成的背影，笑道："宝生啊，此人将来定有一番结果。"

梁宝生望了望渐渐涌上来的层层暮霭，摇头一叹："张先生啊，我也愿意这样设想，可是，这茫茫世间，从来都是九分人算，一分天算。两者之间，谁又能说得确凿呢？"

又一年，日本人举着膏药旗，牛哄哄地开进了保定，梁宝生就不再做瓷人的生意，把店铺关了，每天挑着担子，沿街叫卖瓷盆瓷碗的生意了。张得泉也不唱戏了，戏班子也解散了，就靠着典当家底过活了。曹正文也不知去向了。日子变得蔫蔫的一片死色。

花开了，花落了，下雨了，下雪了……又过了八年，日本人匆匆地卷了膏药旗，灰灰地走了。"瓷人梁"

的店铺噼噼啪啪地放了一通鞭炮，又开张了；张得泉的戏班子锣鼓喧天，又重新唱戏了。曹正文也回来了，八年不曾露脸，他竟然加官晋爵，做了保定的副市长。他上任第二天，就请张得泉与梁宝生吃了一顿酒。三人嘻嘻哈哈，喝得大醉而归。

日子似乎又变得明朗快活了。可是，人间的日子总是像天气一般，阴晴不定。再一转眼，就到了1948年春节。国共两党的战争已经开始了。保定的街面上，也显得乱哄哄起来了。有人私下说，国民党支撑不了多久。街面上的物价，涨成了孙悟空，一天就能有七十二般变化。梁宝生的生意就做得潦潦草草，张得泉的剧团也唱得半死不活。二人常常在"瓷人梁"坐着闲聊，或感慨，或感伤，或感叹。那一番灰凉情绪，直是冷到了骨头里了。

那一天，曹正文突然派人到"瓷人梁"，请梁宝生到市政府去一趟，说有要紧的事情商量。梁宝生本想推辞，可是看到来的人都是横眉立目的士兵，便知道不去是不行了。此时的曹正文，已经升任了保定市长。梁宝生便到了曹市长的办公室。曹市长寒暄了两句，便开门见山，要梁宝生做三个与真人高低相似的瓷人：福禄寿三星。曹正文解释说，这象征着国泰民安。

梁宝生苦笑了："国民党都这样了，还能国泰民安么？曹市长啊，您真是讲笑话了。"

曹正文干笑道："梁师傅，您是一个买卖人，只管做您的生意即是。莫谈什么国事了。这单生意是政府出资，放心，亏不了您的。"

梁宝生摇头："曹市长啊，这乱哄哄的世道，梁某也无心挣钱了。"

曹市长怔了一下："听梁师傅的话音儿，是不肯做这单生意了？"

梁宝生郑重地点头："不瞒曹市长，梁某是这个意思。"

曹正文嘿嘿冷笑了："梁师傅啊，如果您不做，全市的瓷匠们都要受您的连累，都要以通匪论处。"

梁宝生皱眉问："通匪？怎么处置？"

曹市长冷笑："枪毙！"

梁宝生惊讶道："枪毙？"

曹正文点头："枪毙！"

梁宝生一下子仰靠在椅子上了，正值干旱天气，窗外万里无云，连风也没有一丝，梁宝生能听得到自己乱乱的心跳声。良久，他长叹一声："唉，曹市长啊，如您这般说辞，这天下还有没有公理呢？"

曹正文嘿嘿笑了："梁师傅，您不明白啊，我就是公理啊。"

梁宝生脸白白地，悠悠地叹了口气："您说的是啊！您就是公理啊！行了，行了，我答应您了，您还是把抓来的工匠都放了吧。"

曹正文摇头笑道："这可不行，您想啊，我若放了他们，您食言了，我怎么办？再者，他们也能给您打打下手啊。什么和泥啊，熟料啊，垒窑啊，等等，这些事儿总得有人干。行了，您就上手吧。完工之后，我立刻放人。"

梁宝生就带着二十几个烧瓷的工匠，在保定西关垒起了一座瓷窑。

工匠们就运来了保定完县的黄土，梁宝生亲自验过，点了点头，工匠们便开始搅拌泥坯，三天过后，泥坯做成了，梁宝生看罢，用鼻子嗅了嗅，摇了摇头，让工匠们再加工。于是，工匠们再奋力搅拌。又三天过去，梁宝生看罢，说："行了！"就开始捏制瓷人，一直捏造了七天，其间不断修修补补，三个瓷人便是捏作好了。又晾了十天，梁宝生便开始彩绘。

曹市长那天亲自来督促，站在一旁看梁宝生彩绘，苦笑道："梁师傅，您好可是要快一些了，解放军就要打到保定市了。"

梁宝生指了指三个正在着色的泥胎，苦笑道："曹市长啊，您急，可是它们却偷不得功夫啊。"

一共彩绘了五天，烧窑点火了，梁宝生就坐在窑旁指点工匠们料理火候。时而文火，时而武火。半个月过去，梁宝生就在窑旁枯坐，他的胡须已成灰白的颜色了。那天，他把耳朵靠近了窑，细细地听了一刻，便让工匠熄火。他又在窑旁守了一夜，天亮的时候，他伸手拍了拍窑壁，用早已经涩枯的嗓子喊了一声工匠们："起窑吧。"

众目睽睽之下，三个瓷人出炉了，入窑前的彩绘完全变了颜色，三个瓷人栩栩如生，神采奕奕地站在了众人面前。阳光之下，三个瓷人微笑得十分灿烂，似乎要拔腿就走的样子。众工匠看得眼呆，好一刻，有人带头喝出一声彩："好品相！"

曹正文市长也来了，他就在一旁用直直的目光看着，嘴张着，一句话也讲不出了。终于，他涩涩地说了一句："果然是瓷人梁，神品啊……"

梁宝生近乎迷离的目光，呆呆地看着那三个瓷人，终于，他如释重负，腿一软，就坐在了地上。这一个多月，似乎用尽了他一生的力气，好一刻，他摇了摇头，长叹一声："浑然天成，似有鬼神造化，可惜了，你们却不得其时啊！"

曹市长满意地笑了，摆了摆手，放了全城的瓷匠。三个瓷人被小心地装了箱子运走了。

全城的瓷匠摆下宴席，答谢梁宝生的出手相救之恩，张得泉也被请过来作陪。

梁宝生闷闷地喝过了几杯酒，长叹道："这三件东西，怕是回不来了。"

张得泉苦脸说："宝生啊，我也不瞒您，正文已经举家迁到了香港，他要在香港做生意，这三件东西，他一定要弄到香港去的。我这个表弟哟……唉！宝生啊，可惜了您的手艺，竟被正文中饱私囊了。"张得泉一劲儿摇头叹息。

梁宝生苦笑："张先生莫要自责了，曹市长的心思，我是知道的，可是为了全城瓷匠的性命，我也只好如此了。"

张得泉问："宝生啊，难为您了啊。"

梁宝生苍凉一笑："张先生，我一生捏造烧制瓷人无数，唯有这三件瓷人是我的得意之作，眼见得它们离我而去，心中便是一种悲凉的滋味啊。我自看天命，也不过再有十五年的光阴，我死之前，仍然见不到这三件东西归来，那三件东西便有缝隙之虞啊。"

张得泉一怔："宝生啊，您这话中似乎有话啊？莫非藏有什么机关？"

梁宝生叹道："不提也罢了……"泪就落下来了。

宴席间的气氛压抑，酒吃得沉闷，梁宝生喝得泪流满面。

众人摇头叹息不已。

又过了几个月，保定城外的枪炮声急骤了。一夜起来，保定城里已经全是解放军了。曹市长早已经不知去向了。由此，保定解放了。梁宝生仍然做他的生意，张得泉仍然唱他的河北梆子。日子匆匆忙忙地过着，1954年春天，保定市的工商界大张旗鼓地开展公私合营的运动。先是张得泉的剧团，被合并进了保定国营河北梆子剧团，张得泉任副团长，当年，张得泉被评为保定市劳动模范。1954年，张得泉已经七十岁，便谢绝了剧团的挽留，退休了。梁宝生的店铺，也于1954年被合并进了保定市第一国营瓷厂。梁宝生在厂里做技术指导，并被评为高级技师。如此匆匆又过了十年，就到了1964年春天，梁宝生感觉身体不好，就写了份申请，光荣退休了。退休之前，瓷厂鉴于梁宝生这些年的贡献，评选他当了保定市劳动模范。

1964年的秋天，已经退休的梁宝生接到了从新加坡寄来的一封信，信是由市委统战部转来的，打开一看，竟然是丁也成写来的，丁也成竟然成了东南亚一带著名的收藏家，现在新加坡居住。他写信来，是邀请梁宝生师傅参加他在新加坡举办的世界瓷器收藏展。双程机票及食宿等等费用，都由丁也成承担。市里的同志问梁宝生是否有意去一趟。梁宝生愣怔了一下，凄然一笑："谢谢丁先生的好意了，我已经是近古稀之年了，就不想动了。"

这年的冬天来得早，风吹得紧，梁宝生先是得了一场感冒，总不见好，就住进了医院，检查了一番，竟然是绝症。张得泉去看望他，二人执手无语，泪眼相对。

挨到最后，张得泉涩涩地问梁宝生："宝生啊，您还有什么话要说?"

梁宝生叹道："张先生啊，您还记得那三个瓷人吗?"

张得泉点头："怎么不记得，您是不是还惦记着那三件瓷人的下落呢?"

梁宝生道："是啊，那应该是我一生中最好的烧品了。"

张得泉长叹一声："是啊，您当年说过的。可惜了，被我那无良的表弟饱了私囊。唉，宝生啊，是我累及了您啊……"

梁宝生摆手："张先生啊，我不是这个意思，您还记得我说过，十五年后，那三个瓷人会有裂隙吗?"

张得泉点头："是啊，你当年没有细说，我也不好打问。你怎么知道它们会在十五年之后出现裂隙呢?"

梁宝生苦笑道："当年我做那活儿时，心存愤怒，便偷减了工料，我已经料定，这三件瓷人，不得久长啊。"说着便从枕头下边取出一个小盒子，打开之后，取出一个纸包，那纸包年深月久，已经泛出黄斑，梁宝生打开，里边有三块墨色的东西。梁宝生递给了张得泉，张得泉接过捏了捏，感觉坚硬如铁，仔细去看，竟是三块泥丸。

张得泉惊讶："宝生啊，这是? ……"

梁宝生道："这便是我当年偷工减料下来的三块熟泥啊。"

张得泉惊得呆住了："您的意思是……"

梁宝生淡薄一笑："十五年已经过去了。既然管不了身前，怎么顾及得身后？张先生啊，您好自为之。"说罢，闭上眼睛，不再说话了。张得泉慨叹一声，呆坐了一刻，就起身告辞。又过了五天，梁宝生在医院去世。这一年，梁宝生六十八岁，距离他讲过的十五年的话，刚刚过去一年。

再一年，保定河北梆子剧团应观众的热烈请求，邀请张得泉在保定迎"五一"文艺晚会上，登台演出河北梆子现代戏《节振国》。张得泉痛快地答应了，粉墨登场，却在台上突发脑出血，送至医院，不治去世。终年七十六岁。出殡那天，几千名戏迷闻讯赶来，洒泪送别，张得泉先生身后如此殊荣，若是地下有知，也该含笑了。

再一年，"文化大革命"轰轰烈烈地开始了。梁宝生的儿子梁向明、女儿梁小红被戴了高帽子游街，其中有一个罪名，便是其老子梁宝生是反动权威，为国民党反动派曹正文捏造烧制封资修的人物，罪该万死。梁宝生的劳动模范称号被剥夺。张得泉的两个儿子张可飞、张可扬也被揪出去批斗，其中一个罪名，便是其老子张得泉为国民党反动派曹正文唱戏，罪该万死。张得泉劳动模范的称号也被剥夺。两家的孩子，都充当了父债子还的角色。

…………

话说曹正文去了香港之后，市长自然做不成了，他在香港开了两处古董店铺，买卖还算兴隆。他由内地运去的几百件瓷器，很快都以高价出手，曹正文很是挣了一笔。只是那三个瓷人，他割舍不得，摆在家里欣赏。有人知道了，便来观赏，看过之后，便说出高价买走。曹正文坚决不卖。却也真是应验了梁宝生的话，果然在十五年之后，即 1963 年春天，那三个瓷人的眼睛突然有了裂隙，曹正文着急，眼见得裂隙有蔓延的趋势，他便请来香港的一些古董专家，想求教一些补救措施，可是众人看过之后，都表示无能为力。曹正文叹道："这三件宝物如何是好呢？"于是，他就把这三件瓷人放进了内室。不再让人参观了。

转眼，又过了十几年，香港回归的消息越传越烈了。曹正文便有了回乡之心。

又有一天，一个名叫丁也成的收藏家来香港，找到曹氏开的古董商店。经理是曹正文的大儿子曹柏青，丁也成要求拜访曹正文先生。曹柏青与父亲联系了一下，曹正文答应了。

曹正文在自己的别墅接待了丁也成，曹柏青就在父亲身旁侍立。丁也成与曹正文寒暄了几句，便说："丁某此次来府上，是想参观一下曹先生收藏的三件瓷人。不知方便否？"

曹正文怔了一下，就笑了："丁先生如何知道这三件瓷人？"

丁也成笑道："我是搞收藏的，当年保定大名鼎鼎的'瓷人梁'，给曹先生烧制了三个人高的瓷人，也是人人皆知的事情。"

曹正文的脸微微一红，摇头笑道："不瞒丁先生，当年曹某年轻，一时把持不住贪婪之心，也就起了夺人之美的念头，便做下了这件恶事。现在思想起来，也确实对不住梁老板了。"便带丁也成去内室观看。

灯光之下，三件瓷人鲜活如初，仍似刚刚出窑的样子，丁也成细细地看罢，叹道："果然是梁师傅的上品啊，只是……如何……三件瓷人的眼睛都裂了呢！"

曹正文摇头："或许是当年梁先生对曹某的情绪恶劣，便影响了手艺，工序上便是做得不精当了。"

丁也成苦苦一笑："梁宝生师傅乃一代高人，手艺上断不会出此低等错误，怕是另有所故了。"

曹正文哦了一声："丁先生或许看出什么了？"

丁也成细细打量了一番三个瓷人，点头道："据我看来，这三件瓷人烧制之前，也就是捏造之时，用料不均，一代能工巧匠，何以偷工减料？或许如曹先生所说，是梁师傅对您心有不满所致啊！"

曹正文点头叹道："丁先生说得有理啊。"沉吟了一下，又问道："如何办呢？"

丁也成叹道："我也不知办法，只是听说，如果有好的铜匠，便可补救。"

曹正文再问："哪里有这样的好铜匠呢？"

丁也成摇头说："香港弹丸之地，断无此高人啊。如果铜好此活，曹先生还得回内地啊。再者，这三件宝物也应该落叶归根了啊。"

丁也成叹息着走了。

曹正文送丁也成出来，望着丁也成远去的背影，他对曹柏青说："柏青啊，香港回归之时，我们便将这三件东西运回去，找能工巧匠铜上。是啊，丁先生说得对啊，它们也应该落叶归根了哟。"

曹柏青连忙点头答应。

曹正文怔了一刻，又仰头望天，天空一片阴霾，似有大雨将至。曹正文叹息道："只是，内地能有如此手段的铜匠吗？"

曹柏青张张嘴，不知道如何作答。

这一年秋天，曹正文突发心梗，在寓所去世。终年八十七岁。

锔 人

锔匠使用的锔子，银或铜铁制成，两头有勾（据说还有枣木之类的硬杂木制成的），用以修复金属、陶瓷器物的裂缝。比如锔碗、锔盆、锔锅种种。过去生产力低下，商品短缺，一些用具破裂便要找锔匠锔上，延长使用寿命。

锔匠都是穷苦人，无论严寒酷暑，刮风下雨，都得背着家伙什，四处讨生活，富家子弟绝对干不了这个行当。可世间的事儿总有个别，邢玉明就是一个另类。

完县东关镇大地主邢宝恩，从祖上继承了上百亩地，在县城开办了两处店铺，不说是日进斗金，也是年年盈利。邢宝恩精打细算，指望儿子邢玉明将来继承家业，光大门楣。可他打错了算盘，翻错了眼皮儿。

1946 年的春天，邢宝恩抓住这个还算太平的时候，给邢玉明找媳妇，订下了满城县乔家庄大财主乔永旺的女儿乔明枝。两家已经吃了定亲酒，年底就结婚。谁能知道，这场婚事竟然被一个锔匠搅散了。

铜匠张五成这年春天来东关镇干活儿。赶上东关镇的铜活儿多了些，连住了五天，与邢家大少爷邢玉明套上了交情。张五成是完县涧底村人，祖传五代的铜匠，到了他这一代，在东关镇的街道上摆下摊子干活儿，被逛街的邢玉明看到了，他很是惊奇，那些破碗、破缸种种，到他的手里，搭上铜弓，呼呼啦啦地铜上一气，便是鲜活如初了。接连两天，邢玉明总在张五成跟前凑合，两个人就熟了。那天中午，邢玉明把张五成请到家里来，好酒好菜侍奉，就一连吃了两天。张五成成了邢宝恩家的上宾。开始邢宝恩并不在意，两天过去，看出邢玉明对铜匠手艺五迷三道，定要拜这铜匠为师，简直有辱富贵。一向好脾气的邢宝恩把张五成赶了出去，接着就动了家法，把邢玉明暴打了一顿。

挨了打的邢玉明当天就失踪了，家里人眼巴巴地等到天亮，连鬼影子都没有见到，急得天塌地陷，派人四下里乱找，很快就有了消息，这孽障竟然跟着张五成走街串巷讨生意去了。邢宝恩气得眼珠子都绿了："别管这个混蛋，让他受受苦就明白事儿了。"邢宝恩大概猜测邢玉明也就是跟着张五成玩儿几天，过了那新鲜劲儿就自然回来了。谁知道邢玉明这一走，到年底才回来，白白胖胖的邢玉明变得又黑又瘦，他跟全家人说，"我已经学会了铜匠这门儿手艺，这辈子我就干这个了。我本来还不想回来，可是我惦记着成亲的事儿，才回来

— 41 —

的。"邢宝恩气得要吐血，"小王八羔子，就你这个德行，还想娶媳妇？"当下召开家族大会，把邢玉明轰出了家门。人说邢宝恩是气的，也有人说邢宝恩是羞臊。邢家几代体面的乡绅，竟然出了一个铜匠，邢家还有脸面么？无论怎么样，邢玉明从此便无家可归，也甭想结婚，乔家把亲事也退了。

张五成也以拐骗富家子弟的罪名，被邢家捉去暴打一顿之后，赶出了东关镇。张五成真生气，是邢家少爷主动要求学艺，我怎么成拐骗了？一跺脚就带着邢玉明走了。师徒二人从此就以铜活儿为生。

人生在世除了吃喝还有兴趣管着。兴趣能改变人的一生。据保定方志记载，民国初年保定一个银行家的儿子，看了一场杂技，撇下富足的生活，跟着马戏团跑了。最后成了世界著名的马术表演艺术家，后被法国人看中，去了法国，连户口都迁出去了。

1948 年秋天，师徒二人走到定兴县内的田井村，几个主顾要铜缸铜盆。师徒二人摆下摊子，刚刚要干活，却被另两个铜匠横眉立目地围上了。两个铜匠是山西的，正在村子里招揽生意，看着张五成师徒抢活儿，急眼了，吵嚷起来。

村子人说话了："别管你们先来后到的，比比吧，谁锔得快，谁的手艺好，这村里的活就给你们了。"于是，师徒二人与山西的铜匠热火朝天地干上了。锔了两口缸，两个山西的铜匠道了一声惭愧，收拾了家什灰溜溜地走了。张五成师徒挨门挨户铜活，剩下最后一户赵家，男人刚死，主事儿的是赵家寡妇，年轻，长得好看，师徒二人担心是非，不便进人家的院子，就在赵家的门口铜活儿。寡妇是个爽快人，把茶水端到街上，招呼张五成师徒喝茶，拉家常听出了口音，两下里一说，赵家寡妇就惊了脸，问："你跟东关镇的邢宝恩是什么关系？"

邢玉明冷脸说："那是我爹呢。"

赵家寡妇脸红了，再问："你叫邢玉明？跟乔家庄定过亲？"

邢玉明叹气："订是订过，人家嫌我学了铜匠，就退了亲事。"

赵家寡妇就落了泪，唉！天底下的事儿怎么这么巧呢，原来，这赵家寡妇就是满城县乔家庄的乔明枝。那年她爹乔永旺退了邢玉明的亲，便把乔明枝嫁给了定兴县赵家庄的赵致中，赵致中却是一个短命鬼，乔明枝嫁过来不到一年，还没有来得及生下一男半女，他就得暴病死了。

当下也没有再多说些什么，喝罢了茶，铜完了活儿，算罢了工钱，师徒二人就上路了，刚刚走出赵家庄没有两里地，就有人追上来，一路高声喊着邢玉明的名字。师徒二人不明就里，懵懂地站下了。

来人是为乔明枝提亲的。乔明枝要再嫁给邢玉明。

邢玉明听罢，涨红了脸摆手说："不行！不行！当年退亲了，就是退了么！"

来人诚恳地说："邢先生，当年那也不是明枝的事儿么。"

张五成听着，也动了心事儿，有些伤感地对邢玉明说："徒儿啊，当年也是怪我，才让你丢了这一门亲事，或许你命中有这一出曲折，要不你就跟这乔家的大姐……"

邢玉明摇摇头，叹了口气："师傅啊，还是算了，依了明枝大姐，我现在也是东奔西走地求食，她不还是守活寡吗。我已误了她一回，不能再误她了。"就对来人说："谢谢乔大姐的好意，我心领了。邢玉明现在四海为家，居无定所。肚皮尚且哄骗不起，不敢谈什么亲事了。"

来人怏怏不乐地转身回了。

师徒二人继续往北走，到了察哈尔省的张家口市，张五成病倒了，师徒二人找了一家客栈歇下。邢玉明要去街上找郎中，张五成无力地摆手说："算了，咱们铜匠就是这个命法儿，有病就得抗着，抗不过，就是死命了。郎中是请不起的。"又说："玉明啊，细想起来，也是我不好，让你放下饭来张口，衣来伸手的好日子，是我害了你……"

邢玉明哭道："师傅，怎能怪您呢？我就是喜欢。"

张五成的声音就酸楚了："是啊，你喜欢。就是这个'喜欢'害了你啊！"

过了两天，张五成病得更重了，邢玉明从街中请来了郎中开方子，抓了两服药吃下去，病却更重了。邢玉明心里明白师傅真是不行了，眼泪就落下来："师傅您养几天，等您身上有劲了，咱们就回家去。"

张五成摇头："我知道自己活不行了。玉明啊，我死了后，也不要买棺材，别费那个钱了。埋在这人生地不熟的地方，我也孤单。就买一斤鬼子油（煤油）把我烧了，拣了骨头，把我拎回去在涧底村的山坡上埋了。也不枉咱们师徒一场。"

邢玉明哭得泪人似的了："行了，师傅，您放心吧，我答应您。"

过了一天，张五成就咽气了。

邢玉明终于没有听张五成的话，买了一口薄木棺材，雇人把张五成埋在了城外的野地里，撮土给张五成垒了一个坟头。哭着说："师傅啊，先在这里委屈几天吧，等我挣了钱，就买一口上好的棺材把您带回去。"

邢玉明在张家口沿街招揽生意。一天他走得累了，在街头枯坐，猛抬头，看到一个女人朝他急匆匆地走过来，一身褴褛，满脸风尘，他看得眼熟，却不敢认，走得近了，邢玉明张大了嘴，天！竟然是乔明枝。

邢玉明惊讶地问道："明枝大姐啊，是你吗？"

乔明枝又羞又恼，劈头就嚷："莫非你真不认得了？不是我是哪个？"

邢玉明结舌："你……怎么来了？"

乔明枝不说话，目光火辣辣地盯着邢玉明。

四目相对，乔明枝看得眼红，邢玉明看得心酸，景状正是难挨啊。

乔明枝突然大吼了一声："你这个天杀的……小锔匠啊！你可害苦了我了……"就一屁股坐在了邢玉明身边，放声痛哭了。

原来，张五成和邢玉明离开赵家庄之后，乔明枝心里就放不下了，让人追着去提亲，人家回来说邢玉明不同意，乔明枝伤心了两天，干脆跟婆家提出这件事。婆家一商量就同意了。乔明枝曾听说张五成说过要去察哈尔，就只身沿京张铁路寻来，她是个聪明人，逢人便打听，最后盘缠花光了，一路乞讨寻找邢玉明，这一找就是两年多，不想竟在这里撞见了邢玉明。

乔明枝哭完了，问邢玉明："说吧，咱们怎么办？"

邢玉明说："大姐啊，你别'咱们咱们'的，我哪里知道怎么办呢？你……还是回去吧。"

乔明枝眼睛一瞪："邢玉明，你说什么呢？不怕风大闪了舌头？我凭什么回去？我千里寻了你来，就不想走了。你别怪我当初没嫁给你，那是我爹悔了婚约。我不走了！我……就跟着你学锔匠吧。"

邢玉明呆呆地看着乔明枝："你……愿意学……这个?"

乔明枝说："你能学，我怎么就不能学呢。"

邢玉明高兴了："那好啊，五成师傅没了，我教你吧。"

乔明枝就留下了。邢玉明搬出了客栈，在市里租了间房子，跟乔明枝住在了一起。

过了一年，全国解放，天下太平。两个人在张家口市走街串巷锔活儿。乔明枝已经怀孕，挺着个大肚子，撅撅地跟在邢玉明身后。一天，他们正在街上，来了两个戴红袖章的民兵，盘问了几句，就让他们收拾了东西跟着走，他们被带到了公安局，审了小半天，两个人不知道怎么回事，越说越说不清楚。那时全国刚刚解放，国民党留下的特务特别多，看他们像潜伏下来的国民党特务。一个干部模样的中年男人对他们二人笑道："这样吧，你们既然说是锔匠，那就考考你们。"说罢拿了桌上一个水碗摔在了地上，碎了几瓣儿："你们把它锔上，我就信你们了。"

邢玉明扑哧笑了："这个容易。"

三下五除二，邢玉明就把碗锔上了。

中年男人拿起碗来，仔细打量着，挑起大拇指称赞道："你真是个锔匠了，你的手艺还是真好啊。"

邢玉明看着中年男人，谦虚地请教："您给挑挑毛病。"

中年男人笑道："还别说，我还真挑不出毛病，实话实说，我过去也当过铜匠呢。后来给一家财主铜缸，活儿糙了些，被人家挑了眼，砸了我的家什，这才参加了革命。我是保定雄县人，攀起来，咱们还是老乡呢。"

邢玉明来了兴趣："那您是老师傅了，您也试试身手，我跟您学学手艺？"

中年男人摆手笑道："算了，算了，我的手艺本来就欠些火候，又有多少年不干了，肯定不行了。不过，这一招儿还真管用，一下子就弄清了你们真的是铜匠，好了，好了，你们走吧。"

中年男人把他们送出来，认真地说："老邢啊，你们两口子如果不想回家，那就在这里先住下吧，先把户口上了。我叫赵千里，有什么事儿，你们到这里来找我。咱们是老乡么。"

邢玉明夫妇说了几句感谢的话儿，就忙着走了。

过了一个月，乔明枝生下了一个男孩儿，邢玉明笑道："这孩子在察哈尔生的，就叫邢察生吧。"

转眼又是一年过去了，邢玉明看看挣的钱也有一些了，就动了回去的念头。

邢玉明问："明枝啊，咱们是留在这里呢，还是回去？"

乔明枝想了想说："让你爹也看看，我乔明枝高低还是嫁给了你。"

邢玉明说："回去！把师傅也带回去吧。"

邢玉明带着乔明枝去了城外，启开了张五成的坟，棺材太薄了，尸首已经不成样子了。邢玉明大哭："师傅，徒儿对不起您啊。"他买了一斤鬼子油（煤油），把尸首火化，把骨头拣了装在了一个布袋子里。他们又到公安局一趟，赵千里给他们开了一张证明。赵千里笑道："你们这一走啊，我还真有些想家了。"

二人背着张五成的尸骨，一路锔着活儿，回了完县。

1949 年那年，邢宝恩家被定为了地主，邢宝恩眼见得自家的土地被人分了，心疼肉疼。一股急火攻心，很快就死了。邢家的兄弟姐妹，也都各自过日子。邢玉明对邢家是伤了心，不想回城关镇，回到张五成的老家涧底村。夫妻二人找了涧底村的支部书记冯大海，冯大海当过八路军，受了伤复员回村，是村里的支部书记。他说："张五成是个穷苦人，你是他的徒弟，也就是穷苦人了。你们愿意来这里落户，涧底村欢迎。留下吧。张五成留下了一间破草房，他家没有人争这个屋子，你是他的徒弟，按理儿说你也就是他的儿子了，你们夫妻就去住吧。"

邢玉明买了一口柏木棺材，夫妇二人把张五成的尸首装殓了，埋在了涧底村外的山坡上，就在涧底村落户。只是落下了户口，回来得晚了，土改已经完成，村子里没有多余的地给他们，他们成了没有土地的农民，只能算农民手工业者。又一年，乔明枝生下了第二个孩子，也是个男孩儿，取名邢落户。有了两个孩子日子就紧了些，邢玉明常年背着家什，四处去给人锔活儿。人民公社成立后，涧底村成立了大队的工程队。冯大海支书指示说："别再四处乱跑了，你们夫妻进工程队吧。"邢玉明就成了工程队的一员，各家各户的锔活儿，都送到他这里来，如果没有锔活儿，就下地劳动。每天记工分，年底结账。邢玉明的手艺好，名声在外，各村有许多年轻人来跟他学习手艺，邢玉明就有了许多徒弟。

涧底村有二百多户人家，坐落在两山之间，村东有一湾细水，取名涧水，若是风调雨顺，还是够浇灌的，年景不好，涧水或者干涸，或者发作。村民试图在涧水的上游垒一个坝。光绪十五年（1889 年），一个名叫梁上仁的富绅曾经动议，没有弄成。原因是祖上有算命先生说，那是涧底村人的命脉，动不得。1958 年成立人民公社，全国破除迷信，就想在那里修坝。请来市里的水文地质勘探队看过，说这里不适合做水库，上游的水流不稳定，一旦遇到特大洪水，不仅无济于事，还会给下游冲击。可是下游的涧底村缺水。公社的书记张胜利是个老干部，认为地质队是小脚女人，公社下流涧底村等七个村子出人出力，垒了一个坝，取名涧底坝。水坝长三十米，高十二米，成了村子里的一个蓄水池。

到了1963年，是个多雨的年头，刚打春，雨就紧一场慢一场地下着，人们感觉今年要有涝灾。涧水坝怕是抵挡不了太大的水情。后果就不好想象，下流七个村子都要殃及。公社的张书记来到涧底村，召开七个村子的防汛现场办公会，要求拆掉涧水坝。七个村子的干部都不同意，当年辛辛苦苦垒的，怎说拆就拆了呢？张书记红着眼睛吼起来："你们以为我愿意拆吗？建这水坝，是我建议的，垒在水坝上的每块石头，都扯着我的心肝肺呢。拆一块都疼死，可是不拆，大雨来了就要成灾。你们真是没长远眼光，拆！"

有人说："就是我们干部同意了，社员们也不同意啊。"张胜利就一个村连一个村召开社员大会，征求意见。几天的会开下来，七个村的社员多数不同意拆水坝。张书记为难了，那时讲群众是真正的英雄，群众不同意，只能商量，公社又召开各村干部会议，张书记改了口气："不拆也行，那你们几个村子就要保证涧水坝的加固。"

怎么加固？最好是水泥和钢筋。那时水泥、钢筋都是国家控制的物资，国家建设都不够用呢，怎会调拨来修水坝。会议开到半夜，人们还是想不出好办法，张书记突然笑了："我有个主意，不知道能不能行啊，各村都有锔匠么，如果有足够的锔匠，能不能把大坝锔上呢。这也算是土法上马么。"

这是一个荒唐的主意。时过境迁，我们现在已经很难猜测当年的张书记是怎样一个浪漫的想法。可是在那个年代，有一句很出名的口号：没有人干不出来的事情，只有人们想不出来的事情。

有人带头叫好，说是个好办法。还有人推荐了涧底村的锔匠邢玉明当队长。

当下就定下来了，锔水坝工程，以涧底村生产大队为主，邢玉明带队。附近七个村子全力支援人力物力和财力。

涧底村的支书冯大海领回来了任务，已经是后半夜了。冯大海没顾上回家，去敲邢玉明家的门，邢玉明蒙头蒙脑从被窝里爬起来，二人就在邢玉明家的院子里坐了，冯大海直截了当说了锔水坝的事儿。抽着烟袋，看着邢玉明表态。

月光下，邢玉明瞪大眼睛看着支书，嘴张着，却一句话也讲不出。

冯大海磕了磕烟袋，急着问："玉明啊，怎么不说话了？说！"

邢玉明跳起来，恶狠狠地说："支书啊，你说什么呢。你嘴一张就敢吃天哟？什么叫锔坝呢？我打生下来，就没有听说过这种事情。支书啊，你是不是没睡醒？"

冯大海吼起来："你不是锔匠吗？"

邢玉明吼道："锔匠是锔碗锔缸的，你也活这大年纪了，你听说过有锔坝的吗？这大黑夜的，旁人听到，还以为你说鬼话呢。"

冯大海的口气软下来，苦笑："玉明啊，这不是没有办法的事儿么。张书记定下的，说是革命的事么。也是大家推举的你么。"

邢玉明把脑袋摇得像拨浪鼓。

冯大海抽着烟袋，看着邢玉明摇脑袋。

邢玉明的脑袋大概摇累了，闷闷地抽烟。

冯大海耐着性子："如果有办法的话，也不会跟你讲这个了。这没办法的事情啊，如果锔不上这坝，公社就要拆除，那……"

邢玉明长叹一声："我试试吧。还是那句话，我这一辈子只知道锔盆锔碗，还没有听说过有锔坝的。"

冯大海见邢玉明答应了，告辞走了，邢玉明进了屋，乔明枝急急地说："我都听到了，你疯了，你能锔大坝吗？"

邢玉明叹气："都听到了，哪是我的事儿，是冯支书要我干的……是公社张书记让干的。能不干吗？"

乔明枝叹道："那我也跟着你上水坝。"

邢玉明摇头："别跟着了。支书说这是革命的事儿。锔不好，这罪过我一个人扛着就是了。"

第二天，各村派来的锔匠都带着家伙什，到涧底村来集合。一共十六个人，有几个还是邢玉明的徒弟。张书记来送行，宣布了公社指示，所有的锔匠，生产队每天都给记十分（最高的工分），另外每人每天给两角钱的伙食补助。邢玉明听完了指示，就带着这十六个人上坝了。

涧底村和下流七个村子里的铁匠铺都重新开张。日夜加班，丁丁当当地打锔子。

工程开始的时候，有人计算，至少要有十多万个锔子。谁能知道，最后的锔子数量竟然远远超过了预先的计算。

打好的锔子，源源不断地送到了坝上。邢玉明和十六个锔匠就住在了水坝上。除去换班吃饭。通宵达旦地锔坝。锔弓扯动空气的声音，锔子吃进石头的声音，日夜响着。至今，涧底村一些上年纪的人，还能梦到当年那个动静，微弱而又尖利的锔弓声。

好漫长的一个月又三天，仿佛经过了一万年，邢玉明带着十六个锔匠，终于锔完了水坝。二十六万二千零六十五个锔子，结结实实地锔在了坝上。当最后一个锔子锔在坝顶之后，邢玉明脸色苍白地站起身来，他的目光无力，看了看大坝，他空荡荡地笑了，他拔腿想走下大坝，可是他的两条腿，竟也似个锔子，锔在了水坝上，迈不开，拔不动，他的身子晃了晃，就一头栽倒在水坝上。

"玉明……"乔明枝凄怆地哭喊，跑上了大坝。

邢玉明被抬下了水坝，大病了一场。一个多月之后，邢玉明下炕那一天，距离立秋就差五天了，大雨一场紧接一场地落下来了。涧底村的人们，心捏得冷汗冷冷，苦苦熬过了二十多天，雨季终于过去了，涧底村的人们长长呼出一口气，涧底坝没有倒塌。

公社张书记亲自来到了涧底村，召开了庆功会，七个村子的代表都来了。开会之前，张书记拉着邢玉明的手说："老邢啊，你真行，保住了涧水坝，我代表公社感谢你啊。天底下的事儿，只有想不到，没有做不到啊！没有落后的群众，只有落后的领导。我也看出来了，你这手艺得发扬光大，要多为大家做贡献啊。我看，就成立一个铜匠队，你来当技术指导。"

邢玉明含糊地说："指导？这行吗？"

张书记说："行，我说行就行。"

散会之后，邢玉明戴着大红花就回家了，他一进门就说："明枝啊，这下好了，我就不用下地干活儿了。我这辈子，就是喜欢干这个啊。"

邢玉明也就高兴了一个开头儿，公社的铜匠队刚成立没几天，"文革"就开始了，张书记被打倒了，铜匠队解散，邢玉明蔫头蔫脑地回村了。

涧底村冯大海支书没打倒，运动搞得冷冷清清。县里着急，派来了工作组，都是从各村抽调来的贫下中农代表。一定要揭开涧底村斗争的盖子。工作组来了没几天，先打倒了冯大海，然后盯上了邢玉明，工作组认定，邢玉明早年从家里被赶出来，是大地主邢宝恩演的苦肉计，想让邢玉明混入贫下中农的队伍。邢玉明是一颗定时炸弹。于是开了几次会后，邢玉明被定性为坏分子，派他去公社的水利队挖井。邢玉明就打着铺盖卷去了。工作组里有个贫农代表还是光棍，看中了乔明枝，就动员乔明枝跟邢玉明离婚，跟他结婚。乔明枝恨道："你算个什么东西么。我是邢锢匠的女人，你不是不知道。你要是再不死心，我就到县里去告你。"于是，乔明枝也被批斗了。那个代表还不算完，要求把乔明枝遣返回乔家庄。

还没有顾上遣返，一连两年的干旱，方圆百里彻底失去了生气。全县各生产大队也闹饥荒，县里号召全体社员生产自救。涧底村的斗争也顾不上再讲了，生产自救就是让社员们各自想办法。出去做力气活儿的，大队公社县里出三级证明，邢玉明夫妇也乘机摆脱困境，要求了一张证明，背着家伙什，带着两个孩子走了。

邢玉明夫妇回来时，"文革"已经结束了。谁也不知邢玉明一家这些年在什么地方存活的。两个孩子也都长大了，一家人委屈地在村里待了一年，赶上联产承包了。邢玉明分了地。但他的生意越来越少了。商品供应渐渐繁荣，锔锅锔碗的渐渐少了。一年下来，邢玉明也锔不上几回活儿。

邢玉明家的日子也一天天好起来。大儿子邢察生，承包了一片林子，种起了果树。二儿子邢落户，贷款买了辆拖拉机跑运输。都找了媳妇儿，儿媳妇们又给邢玉明生下了孙子孙女，日子越过越明亮，只是邢玉明的锔匠活彻底暗淡下去，再也没有主顾了。邢玉明的锔弓和锔子，彻底闲置了。

涧底坝还在，当年锔上的锔子，已经风化进了坝身，与坝混为了一体，全是石头的颜色了。1998 年，涧底坝又一次经受了考验，挡住了半个月的滔滔的洪水。人们这才又重新念及起邢玉明，唉，当年多亏了邢锔匠他们啊。

邢玉明常常感慨："唉，我还能干点什么呢?"说这话时，他常常仰脸望着天，目光茫茫然，感觉自己被这好日子甩了。

1998 年，香港回归的第二年，保定市在高新技术开发区举行了港商投资招待会。许多港商来参加了，其中有一个名叫曹柏青的先生，不仅投资建厂，还把他父亲留下的三件瓷人带回了保定。曹先生在保定博物馆举办了他父亲的收藏展，市领导便带着众人去参观。参观的还有各县市区的领导，海外一些有名的收藏家也赶来参观，其中有新加坡的收藏家丁也成先生。那三件瓷人就在保定展览馆大厅里展出，梁宝生的后人与张得泉的后人都被请来参观。三家的后人见面，自是有一番万千感慨。

曹柏青先生在收藏展开幕式上讲话说："家父临终前嘱咐，一定要将这三件瓷人送回家乡。这三件瓷人，是保定著名的艺术家梁宝生先生的杰作。梁宝生先生许多作品，在海外被收藏。这三件瓷人，无论是体积重量高度，都是梁先生从来没有创作过的作品，也是梁先生作品中的上品。只是……"他指着三件瓷人各自脸上的裂隙说："可惜了。家父生前有一个愿望，要请高人将这三处裂隙锔好。"

丁也成叹道："是啊，这三处裂隙如果不处理好，这三件宝贝怕是每况愈下，找得到技术高超的锔匠，或许还有救！"

刘市长苦笑道："锔匠？这个行当已经被社会淘汰了，即使有，现在的匠人们哪儿有这样的手艺，恐怕完不成这件工程。"

这时刘市长旁边一个中年男子凑过来，他是完县县委书记李玉和（与那个著名戏剧中的英雄人物同音同字）："刘市长，我能找到这种锔匠。"

刘市长看着李玉和，笑道："李玉和，你家有密电码啊？"

李玉和严肃道："我不开玩笑，能找到锔匠，此人当年锔过水坝呢。"

刘市长张大了嘴："锔水坝？"

李书记眉头一扬说："您或许不知道，我们县过去确实有过不少技术高超的锔匠，20世纪60年代还真锔过水坝。"

刘市长点头说："可以去找他们试试，不过，我把丑话说在前边，这可是锔文物，要是出了差错，我先撤你的职。"

李玉和点头说："我答应的事情，一定办好，办砸了，您不撤我的职，我也自动辞职。不过，我有个要求。"

刘市长说："你讲吧。"

李玉和"嘿嘿"笑了："我们县的扶贫款，您是不是考虑一下。"

刘市长笑了："好小子，真是不吃亏的主儿。好了，我答应。"

李玉和书记回到完县，派人把已经七十三岁的邢玉明请到了县委。寒暄客气了一番，李书记就把锔瓷人的事情讲了。

邢玉明摆手笑道："这种活儿，我已经多年不干了。不行了，眼力不行了，手也不行了，真是不行了！"

李书记也摆手："您老就不要谦虚了。您当年带人锔水坝，那是什么气魄啊？如果放到现在，您一定上吉尼斯纪录。"

邢玉明还是摇头："李书记，这是国家的宝贝，万一有个闪失，我邢锔匠长了几颗脑袋？我负不起责任。"

李书记说："您得为咱们县着想，如果完成了这件事情，刘市长答应了，要多给咱们县扶贫款呢。您说这是不是好事情。"

话讲到这个份上，邢玉明只有答应了。

邢玉明与乔明枝被接到了保定市，在博物馆的招待所住下。当天晚上，有关部门给邢玉明乔明枝接风，市文化局长代表市领导给邢玉明夫妇敬酒，邢玉明夫妇只是干干地赔笑。第二天，曹柏青先生亲自陪着他们去了博物馆。

邢玉明看了看那三件瓷人的裂隙，始终不说话。如此两天，他坐在瓷人的旁边呆呆地傻看，摸着瓷人悠然地叹气。最后那天，丁也成老先生来了，站在邢玉明的身边问："老师傅，这件活儿能做吗？"

邢玉明笑了笑："您说呢？您明白这三件瓷人吗？"

丁也成说："不瞒您老啊，我当年还是梁宝生先生的徒弟呢。"

邢玉明摇头说："梁宝生是谁啊？我不认识。您又是谁啊？我也不认识。"

旁边有人介绍："邢师傅，丁先生是当代的大收藏家啊。"

邢玉明摇头笑了："我听不明白。"

丁也成哈哈大笑："行了，老师傅，您明白不明白我丁某人不要紧，只要您明白这三件瓷人就行了啊。"

这天夜里，邢玉明让人搬了两架立梯，他提着工具，被人扶着，爬了上去坐了，乔明枝提着一只马灯，坐在另一架立梯上。事先，博物馆的人提出拉一道照明线，邢玉明摇头不肯，他说电灯有热度，锔活儿的时候，怕有影响。丁也成担心地问："邢师傅，这样模糊的光线下干活儿，您有把握吗？"

邢玉明笑道："您要是信得过我，就让我做就是了。您要是担心，就换人吧。"

丁也成连忙摆摆手："邢师傅，您干活儿吧。"

邢玉明就扯动了锔弓，开始干活了，马灯的光线暗淡，人们什么也看不清楚，只听到锔弓嗡嗡地响，谁也不知道邢玉明是怎么样锔的。人们也能听到邢玉明与乔明枝慢声细语说着什么，他们使用的是完县土话，人们听不明白。到了快天亮的时候，人们看到，三件瓷人，已经被邢玉明锔上了，邢玉明和乔明枝被人从梯子上扶下来。

三件瓷人，竟然锔得天衣无缝。围观的人发出一片感慨声，曹柏青先生带头鼓起掌来。丁也成看得眼呆，喃喃道："鬼斧神工啊。邢老师傅，真是……"

人们这才恍然想起邢玉明夫妇，四下去看，邢玉明夫妇已经没有了踪影。

丁也成到餐厅吃早饭，邢玉明夫妇却没有来，丁也成认为他们夫妇熬了一夜，大概累了，去睡觉了，便让文物局的小赵去请邢玉明夫妇，先吃早饭，然后再休息。一会儿，小赵匆匆回来说："丁先生，邢玉明夫妇已经走了。"

丁也成刚刚吃进嘴里的一口稀饭吐了出来，"走了？他们怎么走的？"

小赵说："应该是坐长途汽车走的。"

丁也成说："你快去追他们回来，至少要他们留下那件镥弓。你问问老邢师傅，他要多少钱，我收购了。"

小赵赶紧着去了。

丁也成再也吃不下去了："这是民间的宝贝。邢师傅是活着的文物啊。"

小赵开车朝完县方向一路追到了邢玉明夫妇乘坐的长途汽车。小赵拦下汽车，找到了邢玉明，夫妇俩正昏昏地睡觉呢。他说了丁也成的意思，请邢玉明夫妇回去。

邢玉明笑道："不回去了，没听说过，镥匠还要看自己镥过的手艺。"

乔明枝也笑："家里还有活儿呢。不耽误你们了。"

小赵乞求说："邢师傅，丁先生一定要您二位回去的。对了，他还说起您的家伙什，他还要买下来呢？"

邢玉明一怔，呵呵地笑了："买？这东西他也稀罕么。那好了，我白送给他了。"说着，他就起身把锔弓袋子从行李架上取下来，递给了小赵。

小赵急忙问："邢师傅啊，您还没说价钱呢？"

乔明枝一旁摆了摆手，呵呵笑道："什么价钱啊。他刚刚不是说过了么，白送给那位先生了。你快下车吧，都耽搁大家赶路了。"

小赵下了车，眼看着长途汽车一路扬尘而去了。

不承想，前年春天，完县的县委书记李玉和被调到了市文化局当了局长，新任县委书记姓赵，谈歌去采访他，赵书记苦笑道："李玉和本来做了一件事，却让他当了文化局长，市领导说了，他懂文化，当文化局长吧。您说他县委书记当得好好的，怎去当文化局长了，这事儿啊……真是他李玉和自己找的啊，这人啊，真不该乱积极啊。"

邢玉明的锔弓被丁也成当作宝贝收藏了。去年在香港，赶上了丁也成先生的收藏精品巡回展的最后一天，在几千件藏品中，看到了邢玉明的那把锔弓，注着出处。锔弓颜色陈旧，像是被从某一个遥远的地方截取下来的一段历史。谈歌下意识地伸手去摸那弓子，却被玻璃罩挡住了，这才想起，这展品是不能动手摸的。一尘不染的玻璃罩子很凉，一股冷意悄然漫上了谈歌的心头。

邢玉明老人，于2001年秋天去世了。

乔明枝老人，也于 2003 年春天去世。

铜匠邢玉明的故事，在涧底村，只留下了上述的传说。

紫　砚

　　1991 年 9 月 20 日上午（赵学众先生一直记着这个日子），万子良先生撑着雨伞，笑嘻嘻地走进了赵家小院的时候，他还不知道，他的老同学赵长治先生已经去世半年多了。

　　赵学群与赵学众兄弟二人，把万子良迎进院门。万子良四下看了看院子。院子不大，却是典型的北方四合院。大大小小四间房，是赵长治祖上留下来的。院中收拾得干净，两棵石榴树，大枝小叶，长得壮实。骑着东墙，搭着几根竹竿儿，担着一架葡萄，正是季节，挂满了滴滴溜溜的果实，紫的、白的，浑圆。雨雾之中，很是惹眼。万子良点了点头，笑道："还是老样子，长治是勤快人啊，这院子收拾得利落啊。"（此时还想不到，十年之后，这院子便是拆建喽！）

　　兄弟二人将万子良礼让进了客厅，万子良张嘴刚要问老同学，兄弟二人便跪下了，重重地磕了头。他们告诉万子良，父亲已经在半年前去世了。

万子良如雷轰顶，惊呆了。他悲凉的表情停顿了好一会儿，便颤着身子，随赵氏兄弟去赵长治先生的遗像前祭拜了。

三人重新在客厅坐下，赵学群如实告诉万伯伯，父亲走得很快，应该没有受什么罪。心梗，也就是半支烟的工夫。万子良听得点头，仰天长叹一声："长治啊，你是有福的人啊。没有受罪呢……"说着，就老泪纵横了。

万子良与赵长治是大学同学，都是学物理的。毕业后，都进了工厂。二人还没有认清厂子有几个门口呢，"文革"就开始了。两个人都因为家庭出身过高（万子良出身富农；赵长治出身资本家，开酱油厂的），受到了批判。之后，赵长治因为会写毛笔字，就从车间调到了厂工会，抄抄写写。万子良当了仓库保管员，本来搞了个对象，正说要结婚呢，可是万子良嘴爱说，说了几句怪话，被人揭发了，就给扣了一个坏分子的帽子，去烧锅炉了。结果，见天煤烟子味儿，对象也离开了。赵长治倒是顺利找了对象，结了婚，妻子连续给他生了两个儿子，可没几年，突发心脏病，就死了。赵长治也没有再娶，当爹也当妈，带着两个儿子胡乱过着。万子良偶尔闷气极了，就悄悄来找赵长治，二人私下里喝点儿穷酒，一斤散酒，两块儿咸菜，破解愁闷。

二人大概喝过了几十斤散酒之后，"文革"就结束了。万子良摘了坏分子的帽子，就辞了工作，回东北老家了。他对赵长治说，要去做生意。临行前，二人又喝了一顿散酒。从此，就天各一方了。十几年的日子刮风一般过去了，万子良早已经娶妻生子又发财，变成了万老板。赵长治就混得不济了，厂子减员增效，他首当其冲被减下来了。也得活啊，他在街上支了个烟酒摊儿，落魄的日子，风吹雨打瞎过着。万子良与他通过几封信，信中嘘寒问暖。可赵长治是个倔强的性格，回信总是没困难，日子蛮好。万子良唏嘘不已，他万没想到，赵长治这些年过得如此不如意。

万子良凄婉的目光，打量着赵学群与赵学众，他感慨地说："当年我离开保定的时候，学群十岁，学众八岁。一晃，都成大人了。当年，你爸为了你们的名字，还让人批斗了好几回。理由呢？革命群众质问你爸，为什么让革命'群''众'给他当儿子？唉！"万子良连连摇头，苦叹迭声。荒唐的岁月嘛！不堪说了哟！

说了一会儿闲话，万子良就起身，去参观了赵长治的书房。赵长治喜欢写毛笔字，认真写了一辈子。赵长治去世不久，房间还是他生前的样子：笔墨纸砚，一应俱全。万子良睹物思人，悲哀地说："长治啊，你写了一辈子，也没有写出一个名堂来啊！"

万子良四下里看，墙上挂有几张条幅，都是抄录的唐诗。行草隶篆，各种字体，显示着赵长治书法的功力。大概年深日久，条幅都泛着黄土的颜色。万子良转眼看到桌上有一方暗紫色的砚台。样子很老旧，他拿起来认真端详，不觉间目光便细致起来，砚台上墨迹斑斑，且沿上有一个缺口，或是当年主人不慎摔落或碰撞所致。他翻上翻下，认真盯了一刻，似乎若有所思，却欲言又止，只是点点头，轻轻地放回桌上。又深深地打量了一下，就转身出来了。又坐了一刻，乱扯了几句，万子良就起身告辞。

赵家兄弟送万先生到了街门外，万子良诚恳地对赵家兄弟说："我此次来，是办些生意，就住在市里的悦来宾馆。本想与长治兄深聊，不料他竟然去了啊。二位贤侄，若有什么困难，需要我帮助解决的，只管说！我与你们的父亲是朋友，不要跟我客气哟！"

赵家兄弟都摇头，连声说："没有！没有！还要请万伯伯保重！"

赵家兄弟都是很要强的脾性，没有对已经腰缠万贯的万子良讲实情。兄弟二人都没有考上大学，兄弟二人便在自家的门口开了一个小饭馆儿。虽然说是生意，却也惨淡得很。这几天还赶上整顿市场，城管的说小饭馆儿卫生不合格（城管的还管卫生？），还关门了。兄弟二人都二十大几了，谁也没有说上对象呢。

赵家兄弟就眼睁睁地看着万子良撑着一把雨伞走远了。小街很安静，雾气蒙蒙，万子良蹒跚着消失在了雾气里。

雨下得松一阵儿紧一阵儿，小街的雾气弥漫了一天一夜，第二天上午，天就放晴了。万子良踏着满街的阳光又兴冲冲地来了。

赵家兄弟没想到万伯伯又来，万子良在客厅里坐下，接过赵学群递过来的茶水，吹了吹浮在上边的茶叶末，浅浅地呷了一口，就开门见山，他想买下赵长治书桌上的那方紫色的砚台。

赵家兄弟相互看看，赵学群笑了："万伯伯是家父的同窗好友。您若喜欢，拿走就是了。一方砚台，就不说买了。如果说买那岂不是坏了您和我爸的交情吗？"

赵学众也讪笑："万伯伯啊，我们家里再也没有舞文弄墨的人了哟。您喜欢，就拿走，我这就给您拿去。"说着，就起身。

万子良伸手扯住了赵学众："学众啊，我白拿不行！一呢，这方砚台是长治兄给你们兄弟留下的纪念，我怎么好平白取走呢？二呢，我也实话实说了，这方砚台是一件珍品。我近年搞些收藏，还有些眼力。你们看不出吧？这是一方宋代的端砚呢。"

赵家兄弟面面相觑，他们感觉头都大了，父亲那方紫黢黢的砚台，竟是宋代的？而且还是端砚？可能吗？

万子良继续说："我今天来，是要你们兄弟先商量一个价钱。我明天再来。"说罢，就起身告辞。

惶惶地送走了万子良，赵学众就喜笑颜开了："哥啊，真是想不到啊，咱爸还有这值钱的宝贝呢？他怎么也没有告诉咱们一声儿呢。要不是万伯伯来，咱们真不知道呢。"

赵学群则皱眉摇头："学众啊，我怕是万伯伯看走眼了呢。这块砚台你是知道的，不就是咱爸前些年花三块钱从旧市场买来的嘛！哪能是什么文物啊。"

赵学众忙说："哥啊，你不懂，咱爸当年是捡了个漏儿。看报上讲，这种捡漏儿的事儿多了去了。该着咱爸走运。而且，万伯伯多精明的人啊，他肯定不会看走眼的。这方砚台，咱们就卖给他算了。我想了，如果有了钱，咱们把饭馆儿挪个地儿，还能开大点儿。省得天天被城管吆来喝去的。现在不就是没有本钱嘛。"

赵学群摆手说："学众啊，你别乱想了。我还是那句话，一定是万伯伯看走眼了。他跟咱爸是同学，还是好朋友。咱们不能欺哄老爷子啊。"

赵学众有些不高兴了："哥啊，你这是怎么回事？万伯伯要买，咱就卖给他。这事儿啊，我出头来办。你就别管了。我同学的爱人吴南之就是搞收藏的，真的假的，请他看看不就行了？"说着，就拿了那方砚台，认真包裹了，颠颠地出门儿去了。

赵学群拦不住赵学众，想了想，就去了悦来宾馆。

万子良见赵学群来了，很高兴地说："学群啊，快

— 71 —

坐，快坐！你们兄弟这么快就商量好了？说说价钱吧！"

赵学群很厚道地笑了："万伯伯啊，我找您来，就一句话。您别不爱听，您一定是看走了眼。我们家不会有什么文物的。父亲留下这块砚台，是那年他花了三块钱从旧市场买回来的。那上边的缺口，还是我不小心摔到地上磕碰的呢。肯定不值钱的！您啊，就别买了。"

万子良脸上的笑容就收敛了，他呆了一刻，摇头叹道："学群啊，这就是你的不对了啊！这方砚台，我的确是看中了，你们兄弟若是不愿意卖，就直言说了，我不会强求。你也不用拿这种话支应我嘛，我毕竟跟你父亲是朋友啊。"

赵学群怔怔地看着万子良。他没有想到，万子良会这样想他。

万子良起身说道："学群啊，我实话实说，这方砚台，我是志在必得。你今天对我讲的，只表达了你一个人的态度，我还得再跟学众谈谈。如果你们兄弟都不愿意卖。万某也就死心塌地了。"

赵学群听得目瞪口呆，他没有想到万子良竟会这样固执，他长叹一声，脸灰灰的，起身告辞。

就在赵学群去找万子良的时候，赵学众带着那方砚台去找了他同学的爱人吴南之。吴南之是保定有些影响的收藏家，赵学众自然相信吴南之了。吴南之把那方砚台把在手里，上下左右细细地看了半个多小时，点头说道："学众啊，若按照万先生说是宋代的端砚，也的确很像，做工、制字、印记，等等。但是，宋代端砚，世上很难见到。依万先生的眼光，断是不会错的。价钱么……"说到这里，吴南之放下砚台，看着赵学众。

赵学众急急地问："吴大哥啊，您甭看我，我是一点儿也不懂，您就直接告诉我，这方砚台值多少钱吧。"

吴南之笑道："学众啊，货卖识家。人家万先生愿意买，你愿意卖，两家商量价钱嘛。"

赵学众皱眉道："吴大哥，你这是推辞的话儿，你总得给我说个数啊！"

吴南之想了想："我也不大懂，如果是宋代的端砚，怎么也得值个十几万的。可谁知道万先生出多少呢？"

赵学众也有些为难地说："是啊，万伯伯跟我爸是多年的交情，硬要在价钱上扯，是有点儿不够意思了。可怎么也得有个价钱嘛。"

吴南之笑了："既然是这种关系，我想万先生断不会坑你们的。你刚刚也说了，如果人家万先生不讲清楚这方砚台，人家白拿走了，你们也不清楚。既然人家说了买，就不会坑你们的。不过，按照行内的惯例，你先让他出个价钱，你再涨百分之五十，也就是了。"

赵学众点头："我知道了。不过，明天你得跟我去一下，我哥那脾气，肯定不张嘴，到时候，你得给我帮帮腔啊!"

吴南之爽快地答应了。赵学众也高兴地告辞。走到街上,他找公用电话亭,给万子良打了个电话,万子良很高兴,就把洽谈地点定在了悦来宾馆下边的茶室。

第二天上午,万子良先到了茶室等候,不一会儿,赵家兄弟与吴南之也来了。大家落座,寒暄了几句,赵学众就开口问价钱。屋内就安静下来,气氛一时有些尴尬。

万子良想了想,就笑道:"这方紫砚,我的确有些爱不释手。学众,学群,我出十万块钱。"

(读者注意,十万块钱在20世纪90年代初期,应该是一个天文数字哟。那时候,一个万元户,就能让人望背兴叹。)

赵学群赵学众听了都没说话,吴南之在一旁若有所思。万子良便又说了一句:"几位,我这是一口价钱。"

赵学众先看了看旁边的吴南之,就对万子良笑道:"万伯伯,按说呢,就您跟我父亲这些年的交情,这方砚台,您白拿走。我们也没二话。可如果您一定要给个价钱,那您说的这个价钱怕是不行。"

万子良笑道:"学众啊,你说嘛!漫天要价,就地还钱。你说不行,你得说个行的价钱吧?"

赵学众看了看赵学群,赵学群却把头扭向了窗外。正是秋阳高照,天蓝如洗。

赵学众有些为难地笑了："既然我哥不愿说，那我就讲了。万伯伯，您再回回手儿，再加五万？"

万子良听得惊异了一下："学众啊，你是说十五万？"

赵学众点点头："对，十五万！"

都不说话了，屋里的空气有些紧张了。僵持了好一会儿，万子良终于起身说："今天先谈到这儿，我也想想，你们也想想？咱们下午再说？"

赵学众答应一声。大家就起身散了。

下午，照例又是万子良先在茶室等候，赵学众与吴南之过来与万子良谈价钱。赵学群没来，他说要去医院看病，胃疼。一切事情，都由赵学众看着办。

万子良先是嘻嘻哈哈了几句，就转入了正题："学众啊，你要的这价钱高了些。我只是喜欢这方砚台，而且我与你父亲也是多年的交情了。我中午想了想，这样，咱们双方都让让步。我出十二万。如何？你回头跟你哥也商量商量。"

赵学众心里就动了，他觉得这价钱也差不多了。他看吴南之。吴南之眨了眨眼睛，示意他再咬一咬。赵学众心里就狠下来："万伯伯，我还是要十五万。我哥今天没来，您不知道，他是个软性子，他大概看不下去这种场面。我代表他跟您谈了。"

万子良"嘿嘿"笑了："这么说，你是个硬性子了？

好，我再加一万。十三万。如何？总是一方端砚嘛！"

赵学众再去看吴南之，吴南之就站起身，笑了："万先生，不好意思了。如果您就是这样一个价钱了，那么，十四万我买下这方砚台了。"

万子良怔了一下，看了看吴南之，苦笑道："吴先生啊，真是的，您半道儿上闯进来，这可叫横刀夺爱啊！是生意人的大忌啊！"

吴南之赔着笑脸："万先生啊，真是不好意思，这方紫砚，我也是垂涎已久了。"

万子良呆了半晌，苦笑一声："杀出来吴先生这么一位程咬金，万某真是无话可说了。学众啊，我出十五万，成交！"

当下，万子良就签了字据。又带着赵学众赵学群去银行取款。赵学众把砚台交给了万子良，兄弟二人就提着一包钱回家了。

关上房门，赵学群看着摊在桌上的那堆钱，呆呆地说："这么多钱，咱们不是做梦吧？万伯伯会不会看走眼了呢？"

赵学众笑道："哥啊，你就别乱想了，该咱们兄弟发财啊。这下行了，咱们就开上一个大饭店，这钱也用不完啊。"

赵学群说："学众啊，咱们不能白用人家吴南之啊，咱们得酬谢人家啊。要不是他，咱们也卖不了十五万啊。"

于是，赵家兄弟商量了一下，就去给吴南之送去一万块钱。表示酬谢。吴南之却坚决不收："哎呀！学群、学众啊，你们这是干什么呢？先不说我不缺这个钱，就是缺钱，我也不能要啊！学众还是我爱人的同学呢，这要传出去，显得多不好啊！说实话，我那天也是冒险抬抬价，假若万先生真要是抽身而退，这忙还真是帮乱了！这砚台还真让我砸在你们兄弟手里了。我现在心里还嗵嗵乱跳呢！"

吴南之说到了这份儿上，赵家兄弟只好作罢。

长话短说，赵家兄弟把这十五万块钱投放在生意上了。还得说赵家兄弟真是做事情的。如果换成吃喝玩乐的主儿，没几天儿就得败光了啊。转眼十几年过去了，赵家兄弟先后在保定开了五家饭店，成了保定餐饮界的领军人物。赵家兄弟也早都各自娶妻生子，过上幸福的生活喽。兄弟二人还被推选为市政协委员了呢。

如果事情到此结束，下边的故事也就没有了。故事出在了吴南之身上。那天，吴南之去省里开会，遇到了新上任的副会长何满节，何满节搞过房地产，爱好收藏。他可有钱。据说，他的收藏现在得值几个亿。散会那天，二人在饭桌上喝酒聊天儿，随口扯起了收藏的趣事。酒喝多了话就多，吴南之就说起赵家兄弟当年卖那方砚台的故事，何满节听得吃惊，一口菜差点儿呛了嗓子，他连咳了几声，总算吐了出来："吴老板，您说什么？多少钱？一方宋代的紫砚，赵家十五万就卖了。捉大头呢？就算十几年前的行市，宋代的端砚少说也得值百十万啊。那姓万的果然是老奸巨猾，乘人之危啊。"一番话说得吴南之很羞愧。他苦笑道："惭愧，我对砚台没研究。或许真是误了赵家兄弟。不说了，喝酒！"

按说，这事儿至此也就为止了。可是没想到，何满节心里放不下那方紫砚。他开着车来保定找吴南之，通过吴南之又找到了赵家兄弟。他见面就对赵家兄弟说，他已经咨询过了律师，万子良当年属于不当得利。那方宋代的砚台可以赎回来，如果说不通，可以通过法律手段。赵学众摇头说："这可不行，我们怎么能跟万伯伯打官司呢？不行！"何满节说："这样吧，不愿意打官司就不打。咱们跟万先生商量，我出一千万把砚台赎回来，我再送你们一千万。一共两千万！怎么样？"

两千万？赵学众听得呆住了。赵学群在一旁正色道："何先生，这绝对不行！您让我们兄弟跟万伯伯打官司？丢人不？不行！"

何满节忙笑道："也没有说硬打官司。咱们去跟他商量嘛！商量不通，让何某看看也行啊！我真是太崇拜宋代的砚台了。竟然还是一块紫砚。我都没见过呢！总得让我长长见识，也算让我饱饱眼福嘛！"

既然何副会长只想开开眼，碍着吴南之的面子，赵

— 78 —

学众就带着何满节去了一趟东北，找万子良，却扑空了。万子良的公司已经在前几年转手出去，万子良跟着他爱人回河北张家口的老家了。赵学众就想作罢，可何满节兴致勃勃，一定要找到万子良。赵学众与何满节又风尘仆仆折回来，去了张家口。

到了张家口市，左打听右打听，终于在宣化大街找到了万子良的住家。一栋二层小楼，一个宽敞的院子。赵学众抬手按门铃，一位老太太开门迎出来。赵学众通报了姓名，也就知道了老太太是万子良的夫人张雪姑。张雪姑把他们让进客厅，告诉他们，万子良先生已经去世两年多了。

赵学众与何满节面面相觑，一时不知如何是好了。

张雪姑淡淡说道："二位的来意我知道，你们是不是来找赵先生那方砚台的？"

赵学众惊呆了："伯母啊，您怎么会知道呢？"

张雪姑轻轻一叹："子良去世前叮嘱过了，将来赵先生的儿子或许会来索要那一方砚台。让我完璧归赵就是了。"

赵学众脸红了，他结舌道："伯母……这事儿……"他就看何满节。

何满节欢喜地笑道："万师母，是这样，赵先生觉得当年的价钱有些不大合适。这件事过去多年了，咱们商量一下，如果万师母能出让，我们愿意在原来的价钱上再加上几倍。这砚台毕竟是……"

张雪姑浅浅一笑，起身说道："二位随我来吧。"

二人就随张雪姑去了书房。张雪姑打开书柜，取出一个盒子，打开，正是那方端砚，擦拭得干干净净。窗外的阳光漫进来，那方砚台发着紫微微的暗光。赵学众一眼就看到了那个缺口，对何满节笑道："就是它。"

何满节凑上去，左看右看，他惊讶地问赵学众："赵……先生，您说的……就是这方宋代的端砚吗？"

赵学众击掌笑道："错不了，这缺口还是当年我哥不小心磕碰的呢。"

何满节听罢，就像只泄了气的皮球，一下子就软在了椅子上："唉！这都……什么啊？这也就是个民国的仿品。也不是上乘的仿品。万老先生当年是什么眼神呀？"

赵学众茫然不知所措了。也颓然坐下了。

张雪姑笑了笑，淡淡地说道："当年啊，子良是想帮衬你们兄弟二人的。他只是担心给你们钱，你们不要，他看出你们兄弟都是倔强脾气，像你们的父亲。他想了个办法，就收购了这方砚台。就是这么点儿事儿。"

赵学众听得呆若木鸡。好半天，他才徐徐地缓出了一口气来，长叹一声："伯母啊，万伯伯的墓在哪里，我想去祭奠一下。"

张雪姑想了想，就起身说："我带你去吧。"

三人走出院子，何满节心灰意懒地对赵学众说："赵先生啊，如果没有什么事儿，那我……先回去了。不好意思，我刚刚接到一个短信，公司有点急事儿找我呢。"说罢，也顾不上与张雪姑道别，就匆匆走了。

　　赵学众与张雪姑就乘车去了西郊。

　　车一直开到了山下，二人下车，张雪姑凄然地说："子良就葬在了这里。"

　　赵学众听得一怔，忙就伸展了身子，惊异地四下里去张望，满目青山夕照。哪里有墓葬的影子呢？赵学众的目光茫然不知所措。

　　张雪姑呆了片刻，微微叹道："子良临终前嘱咐的，就把他的骨灰撒在这山里了。我猜想他的意思，这大山大概就是他的坟地了啊。"

　　赵学众的热泪夺眶而出，他再也说不出一句话，朝着大山，深深地弯下腰去。

　　漫山遍野，正是绿肥红瘦。

黑子和石头

　　家庭养宠物已经成了城市生活的时尚。所谓宠物，多是指家庭养狗、养猫。也还有养兔子的、养乌龟的、养蛇的、养小猪的、养狐狸的，种种。谈歌不甚理解。但无论如何，还是以养狗者为众。狗是人类的朋友，这是中国外国都知道的道理。谈歌家楼上，住着王大爷。王大爷今年七十四岁了，老伴去世早，两个儿子都在外地工作。王大爷有两大爱好，一是狗，他养了条小京巴。取名"哥们儿"。总纳闷儿王大爷如何给它起这样一个名字，王大爷或许真拿它当哥们儿了？可是，王大爷称呼他那两个在外地工作的儿子的时候，总是笑骂："那两个小兔崽子。""哥们儿"品种一般。土黄色。王大爷却养得上心、在意；二是象棋，王大爷的棋，下得一般，却上瘾成癖。谈歌也是他的棋友之一。夏天的时候，王大爷常常坐在树荫儿里与人下棋。棋子摔得啪啪作响，哥们儿则在他身旁静静地卧着。对于这两项爱好，王大爷有自己的解释。说棋，王大爷讲，下棋不计输赢，只为活动脑筋。下棋是动脑子的事，锻炼嘛。人不怕年纪老，就怕脑子老。脑子老了就完戏了；说狗，王大爷讲，养狗好，养狗比养孩子好，孩子总得气你，遇到不孝顺的，还得气死你。狗不会气人。狗听话。狗比朋友好。朋友再好，或许有翻脸无情的时候。为了钱，为了权。为了女人，都可以跟你翻脸成仇。狗让人放心，不会为名利跟人置气。狗一辈子也不会背叛。说这话时，王大爷一副过来人的神态。十分自若。谈歌则听得心惊。王大爷讲得刻薄入骨。却是道理。道理嘛！

此是闲话，打住。

下边讲一个狗和猫的故事。老故事，"文革"期间发生的。是谈歌的表哥张得法讲的。

张得法的父亲母亲都是铁路工人。张得法的奶奶是谈歌的爷爷的姐姐。如此讲，他奶奶就是谈歌的姑奶奶。张得法的父亲张青山，就是谈歌的表叔了。张青山是火车司机，业余时间喜欢养猫。那时城市里不兴养狗，可以养猫。养猫与宠爱似乎关系不大，只是为了防鼠。那个年代，粮食紧张。城市粮食供给是定量的。家家户户也还没有冰箱。剩下点吃的，大都是装在篮子里。挂在房梁上，高悬；或者装进橱柜里，关紧。都是为了防备老鼠。就这样千小心，万小心，还是常常被老鼠们算计了。张青山养了两只猫。一只黑色，起名黑子；一只白色，起名白子。张青山养得非常上心，两只猫干干净净，非常可人。张青山下班回家第一件事，先逗逗黑子和白子。也是一乐儿。

1969 年夏天，表哥张得法从保定中学毕业了。张得法从小就立下志向，想当一名火车司机（年轻的读者可能会嘲笑，火车司机有什么好当的。可那个年月就是那样的。工人阶级领导一切，长大当工人，是许多孩子的理想。当火车司机的理想，绝对是一个志存高远的理想）。可是，张得法当火车司机的理想泡汤了。根据"知识青年到农村去"的指示，张得法下乡插队了。

张得法插队这个村儿叫李家庄，距离保定市七十多里。隶属保定满城。村子不大，百十户人家。呼啦啦一下子进了二十多个知识青年，就给村里出了难题。正是夏收季节，虽然市里县里拨了专款，让村里给知识青年盖房子，可是正农忙呢，李家庄一下子盖不上那么多房子，村委会召开了紧急会议，决定把知识青年分配到各家各户去暂住。说好，是临时措施，等到农闲，村里盖好知识青年宿舍，再让他们从各家搬走。

张得法被分配到李大水家去住。李大水家是中农。

按说，知识青年应该住到贫下中农的家里才对。这是阶级路线的问题呢。可是李家庄贫下中农的房子不够住。李大水家里就一个人，还有一条狗。房子宽绰，张得法只好暂时"中农"了。

张得法下乡时，表叔张青山让张得法带上了黑子。张青山对他讲："农村老鼠多。带着黑子下乡，肯定有用。"三十年后，张得法对谈歌讲，他父亲让他把黑子带到乡下，或许还有一个原因：这两只猫喂养不起了。黑子被张得法抱走时，白子慌慌地追出门来。白子似乎知道黑子不能再回来了。张得法回忆说，白子的眼神挺伤感的，并且用一种很凄婉的声音低低叫着。叫得张得法心里一个劲儿泛酸，眼睛也就湿了。

张得法带着"黑子"住在了李大水家里。李大水四十多岁，老伴前几年去世了。两个女儿都嫁到外村了。李大水本来已经说好，让大女婿或者二女婿倒插门进来，也算是顶个门户，农民过日子嘛，人气不旺总是不好。可是两个女婿，结婚前都答应得好着呢，一结婚就变卦了。嫌李大水是中农，成分高了点儿。都不愿意来了。李大水愤怒了，坚决不让两个女儿和女婿上门了。李大水就一个人住。李大水养的那条狗，是青色的，很威猛，半人多高。李大水告诉张得法，狗的名字叫"石头"，两个女儿嫁出去之后，他就养了"石头"。总是一个伴儿啊（多年之后，考上了研究生的张得法从理论上阐释说，人是群聚动物，人类是因为恐惧才聚居在一起的。李大水应该是因为对孤单的恐惧，才养了"石头"的）。

石头与黑子倒是能够友好相处。李大水的院子里，有一棵碗口粗的老枣树，老得已经很少结枣子了。李大水也说不清楚它的年纪，李大水说，早想砍掉它，重新种一棵新枣树。两个畜生总是围着这棵枣树绕圈子玩儿，欢欢快快地戏耍。石头摇一摇尾巴，黑子就跟在它屁股后边跑。李大水看着也挺高兴，就改了主意，不想砍这棵枣树了。说是给石头和黑子留下一个玩耍的地方。李大水还对张得法说："小张啊，自黑子来了，这院子里的老鼠果然少多了。"李大水还说："小张啊，如果有合适的猫，就让它跟黑子配到一起，多生几只猫。咱李家庄缺猫呢。"张得法笑道："什么合适不合适的，村里的猫，找来一只配上就是了。"李大水则坚决地摇头："不行，不行，猫跟人一样，也讲究门当户对呢。村里的猫都是农村户口，不般配，还是要找一只城市里的猫来配，才行。"

黑子或许是在城里养得馋嘴了，或许是嫌李大水家的伙食差了些，来到李家庄还没几天呢，便不肯踏实地在李大水家待着了，它开始在村子里乱跑了。后来，竟然跑到了村主任家里去了。

村"革委会"主任名叫李大贵，就住在李大水家的隔壁。他和李大水是没有出五服的同宗兄弟。论年纪，李大水应该叫李大贵哥哥。李大水长得个头矮小，李大贵长得高大粗壮，怎么看也是哥哥。可是李大水从来不叫哥，只叫李大贵主任。李大水说，这样叫法显得尊重。李大贵家也养了狗。两只。一只灰狗，一只黄狗。

灰狗叫大宝，黄狗叫二宝。大宝二宝都长得高大威猛，李大贵非常喜欢，常常带着它们在街上遛。村里的地主富农们，见了都躲着。村里人都恭维着说，主任家的大宝二宝，也像主任一般神气哩。

那天，黑子或许闻到什么味道了，就颠颠儿地跑到了李主任家。李大贵或许没有见到过这样漂亮的猫，觉得挺稀罕。就拣好吃的喂了点儿。一次，二次，黑子就吃馋了。于是，就有了第三次，第四次。黑子就成了李大贵家的常客。写到这里，读者不要想象李大贵家里会有多么富裕。当年村里都穷。李主任家也一样，也是凭着工分吃饭（当年的村干部也不似现在一些村干部那样胆大包天）。黑子吃多了，大宝二宝就得少吃一口了。民以食为天，畜生也一样。渐渐地，大宝二宝就开始不友好了，再见到黑子，就愤怒，汪汪地咬。黑子常常被它们追出门来，很惊惶，很狼狈的样子。有一次，黑子跑不及，让大宝二宝撕抓了几下子，身上流着血，尖声叫着，仓皇地跑了回来。张得法见到了，气得直骂："黑子啊黑子，你馋到什么地方去了？"黑子听到张得法骂，大概知道了羞臊，便老老实实地趴在墙角。头也不抬，也不叫唤了。目光温驯地低垂着头，似乎很无辜，也很自责。石头跑过来，朝黑子叫了几声。黑子也不动弹。

李大水见了，就哈哈笑了："小张啊，你跟一只猫生什么气啊。它刚刚到乡下来，或许是闷得慌哩。"说罢，就对石头吼道："石头啊，明天起，你带着它出去溜达溜达嘛。"

石头就摇了摇尾巴。

张得法也笑了："李大叔，您这是说给谁听呢？它听不懂的。"

李大水自信地一笑："它听得懂的。你看，石头摇尾巴呢。"

第二天，石头竟真的带着黑子出去溜达了。三十年后，张得法感慨地回忆："谁能知道呢？这一溜达，就溜达出事来了哟。"

出事是一天傍晚，大宝和二宝在村外的菜田里，与石头和黑子遭遇了。大宝和二宝站在地头上，目光如炬，挑衅地盯住了石头身边的黑子。然后，就气势汹汹地吠起来，黑子胆怯了，失措地在石头身边躲藏着，石头大概不想招惹大宝二宝，便带着黑子颠颠儿地往村子里跑。大宝二宝则在后边紧紧追赶着，眼看就要追上了，石头或许愤怒了，它突然停住，转过身来，扑向了大宝二宝。张得法回忆说，那天他们正收工回来，走到村边，看到了这一幕，开始觉得好玩，后来他们都笑不出了，大宝二宝与石头撕咬在了一起，三只狗都不叫唤了，都死命地咬着。狗咬架，也跟人一样，是不出声音的。张得法回忆说，眼见得三只狗闪转腾挪，转眼间，就又跑到旷野里去了。黑子似乎放心不下石头，也跟在它们后边跑去了。张得法隐隐约约有些担心，他想追过去，可是他觉得狗们咬架，不应该出什么事情。可是，几个小时之后，他就后悔了。

天将黑尽的时候，石头一瘸一拐地回来了，它后边跟着黑子。石头遍体鳞伤，进了院子，就趴在了墙角。很费力地喘息着。李大水和张得法正在屋子里吃饭，听到动静，李大水端着饭碗出来，张得法也忙着跟出来。看到石头满身的伤，李大水就明白了，他搁下饭碗，站在院子里恶声骂着："石头，你傻啊，你招惹它们干什么？你惹得起吗？主任是村里人的领导，大宝二宝就是你们的领导。你敢跟领导们咬架？反了你还不成？"

李大水突然不骂了，他看到黑子了，正悄悄地走过去，温驯地伏在了石头身旁。伸出舌头，很耐心地，一下，又一下地，舔着石头身上的伤口。

李大水怔了一下，便点着头苦笑了："石头，行啊，黑子还真是心疼你的哩。"

张得法笑道："行了，李大叔，快吃饭吧。莫要跟它们生气哩。"

第二天，李大贵在出工的路上遇见了李大水，笑骂道："大水啊，你真是个狗东西了，狗打架嘛，你掺和什么呢？你也是狗吗？"

李大水皱眉道："主任啊，我掺和什么了？我怎么会是狗？"

李大贵笑道："我昨天正在院子歇凉哩，听到你在院子里乱吼哩。如果不是有人来串门儿说话，我就过去教训你了。你一句又一句地吼得挺上劲嘛，什么领导不领导的？啊？大水啊，你不要骂人嘛！"

李大水不好意思地说："我瞎喊哩。让主任听到了？"

李大贵摇头叹道："也怪不得你那石头嘛，大宝二宝就是欺生哩，硬是看不得那只城里来的知识猫。"

李大水没听懂，纳闷儿地问："主任讲什么新名词儿？听不懂，什么叫知识猫？"

李大贵笑道："知识青年带来的猫，不叫知识猫叫什么？你这个大水哟，亏得你还是中农哩，还不及我这个贫农有学问哩。你都白中农一回了。"

李大水嘿嘿笑着点头："还是主任学问大哩！"

李大贵也笑："这知识猫惹不了咱们这农村猫哩。"

李大水摇头："它们是看人家城里的猫长得好看，肚里忌恨哩。"

李大贵点头笑："是哩。恐怕是这种情况呢。你把你家的石头看好，也把那只城市来的知识猫看管好。大宝二宝越来越没样子，贼凶哩。"

李大水收工回来，就对张得法讲："小张啊，看管住你的黑子，别让它往外跑，主任家的狗盯住了它哩。那两个东西，脾气跟主任似的，凶恶着哩。"

从此，每天李大水和张得法出工去，李大水便把院门关闭了。村里有人看到，大宝二宝曾来李大水家门口寻衅过几次，可是吠了许久，李大水家的院子始终关闭着，大宝二宝便悻悻地去了。

又过了十几天，也见不到大宝二宝来李大水家门口了，李大水认为相安无事了，李大水便不再关闭院门。可是李大水没有料到，石头与大宝二宝的战争，再一次爆发了，而且这次战争比第一次更加残酷。

是一个炎热的傍晚，疯狂了一天的太阳，终于像一个疲惫的农夫，一路踉踉跄跄地向着西山去了，可是，整个世界已经被烤焦了。牲畜们也被这冲天的热气烤得焦躁不安，石头也引着黑子在村外的柳树林荫里躲避依然暴烈的夕阳。突然，大宝二宝也跑进了柳树林，朝着正在歇凉的石头和黑子狂吠起来。后来，据正在林子里放羊的村民李满仓描述，当时，石头带着黑子不敢恋战的样子，狂奔出了柳树林，直往村子里跑去。石头跑得有些犹豫，它要不时照看着旁边的黑子。很快，大宝二宝就追了上来，先是大宝猛地一扑，将黑子扑住了，石头便狂吠着扑上去，咬住了大宝。二宝便扑向石头，大宝也放开了黑子，咬住了石头。三只狗疯狂地撕咬在了一起，人们都看得呆住了，青色灰色黄色混杂在一起，滚成了疙瘩。后来，人们看到，一团黑色伴着尖厉的叫声，旋风般滚了上来，是黑子，也疯狂地扑进去了。一场混战，血雾横飞起来，夕阳西下，空气仍然热烈，这场战争显得格外惨烈，路过的村民，都看得傻了，呆了，瓷瓷地定在了那里。他们不知道这几个畜生如何会这样你死我活地厮杀。

终于，李大贵高声喊叫着，挥舞着铁锨赶来了，冲向了已经咬成一团疙瘩的狗和猫。村民们这才清醒过来，也一同围上去，把这四个畜生分离来。石头已经被咬得乱七八糟，浑身是血，黑子也被咬得奄奄一息。也已经遍体鳞伤的大宝二宝，却丝毫不示弱，仍然挑衅地狂吠着。还时时地想重新扑上来。李大贵高声恶骂着，用铁锨驱赶开红了眼睛的大宝二宝，张得法也匆匆赶来了，他抱起黑子，李大水抱起石头，匆匆地回家了。

他们的身后，似乎仍然意犹未尽的大宝和二宝，嚣张地狂吠着。

李大水进了院子，先让张得法关上院门，他把石头抱进屋，把石头放到了炕上，又慌着抱了些猪草进来，铺成了一个软和的草窝，把石头轻轻地放在了上边。张

— 93 —

得法就把黑子放在了石头的旁边。张得法觉得石头一定渴了，便端着一只碗，凑过去，小心翼翼地喂石头水喝，石头却一口也喝不进去了。石头的目光哀痛，盯着卧在它身旁的黑子。遍体鳞伤的黑子，低低的声音叫着，目光软弱地看着石头。

李大水皱着眉头，涩涩地说："小张啊，算了吧，你不要喂石头了，看样子它伤得不轻啊。让它歇歇吧。咱们先吃饭。今天夜里还要打夜工，浇灌呢。"

吃过晚饭，李大水和张得法就去打夜工了。后半夜，他们回来了，刚刚走进院门，就听到石头凄怆的叫声。李大水惊慌地推开屋门，张得法匆匆跟进来。李大水点亮了马灯，就看到石头突然奋力地昂起头，吃力地叫了几声，张得法听得有些慌，李大水凑近去看了。石头望着李大水，眼里似乎有泪要落下来。李大水伸手摸了摸石头垂下的眼睛，伤心地别过头去，长叹了口气，对张得法说："它快死了。"

张得法怔住了。

李大水又说："石头放心不下黑子啊。"

张得法将黑子抱到石头眼前，石头伸出舌头舔着黑子。黑子也伸出舌头一下，又一下地舔着石头。张得法后来回忆说，这时，窗外突然起风了。夜风越来越强劲，在院子里放肆地扫荡，院子里那棵枣树，在风中摇动着枝叶，发出尖厉的叫声。石头似乎禁不住窗外的风声，怕冷似的，身子哆嗦了一下，头一歪，便昏过去了。黑子胆怯地低声叫着，似乎怕吵醒已经睡着的石头。那情景让张得法和李大水看得心惊胆战。他们再也躺不下，就坐在炕上，看着石头。石头昏睡着，呼吸越来越弱了。

快天亮的时候，石头死了。窗外的风也渐渐弱下来了。李大水叹了口气，涩涩地对张得法说："小张……啊，去埋它吧……"就抱起石头出屋了。张得法默默地跟出来。走到院子里，李大水让张得法扛了一把锨。李大水家的屋子后边，就是村西的山坡。李大水在山坡上挖了一个坑，把石头埋了。让他们难受的是，李大水抱着石头出门的时候，黑子也跑出来了，一瘸一拐地跟在他们的身后，张得法往回轰它，它竟然拒绝回去。它停住，昂着头，眼睛瞪着张得法，在风天里厉声叫着。李大水长叹一声："算了吧，小张啊，随它吧，这畜生……跟人一样呢。"

李大水和张得法给石头做了一个馒头似的小坟丘。李大水和张得法就在石头的坟前呆呆地坐着，两个人闷闷地抽着烟，谁也不想说话。风依然故我傻傻地刮着，黑子也一直在石头的坟丘前痴痴地蹲着。偶尔，它就用一种长长的尖尖的声音叫着，叫声就有了一种撕裂了什么的感觉，在风天里深深浅浅地传得远了。张得法后来回忆说，他从前根本没有听到过这种声音，他也根本不知道猫会有这种叫法儿。李大水说黑子叫得他心里酸痛，他让张得法把黑子抱回去。于是，黑子一路尖声叫着，被张得法抱回去了。可是，刚刚把它放到屋里，它又一拐一拐地随着张得法跑出来，重新跑到石头的坟上，蹲下。如此两次，李大水哀伤地摇头说："算了，小张啊，别管它了。它是舍不得石头呢。这黑子重情义哩！你去给它弄些吃的，放在它跟前吧。它也饿了哩。"

张得法便回去弄了一些吃的，放在黑子的眼前。黑子却似乎视而不见，只是朝天尖声叫喊着。李大水和张得法抽了几支烟，就回去了。三十年后，张得法回忆说，他走了几步，忍不住回头去看，只是一瞬，他几乎失语，他永远记住了黑子那凄惨的目光和忧伤的脸。

如此过了两天，黑子的叫声越来越凄惨。

第三天的半夜，李大水和张得法同时惊醒了，他们听到了黑子长长的号叫声。那叫声，像被粗糙的沙石打磨得出血了，再听，黑子突然不叫了。天蒙蒙亮的时候，张得法和李大水到石头的坟上去看了，依稀的晨光下，黑子卧在石头的坟前，像雕塑的样子。张得法慌慌地上前去摸，黑子已经凉了。眼睛却是睁着的。

李大水没有靠前，站得远远地问："怎么回事？"

张得法酸酸地说："李大叔啊，黑子死了……"说着，泪就落下来了。

李大水长叹一声，一下子坐在了地上，再无一句话了。

张得法和李大水商量了一下，就把黑子埋进了石头的坟里。张得法回忆，当他与李大水一锹一锹挖开石头的坟时，当他们把黑子小心地轻放在了石头的身边时，他突然感觉到，这情景就似动画一般突然定格了。他知道，他将永远把这个景象深深地收藏在心底了。

日子一天天地熬着过，李家村的人们渐渐地将石头忘记了，也将黑子忘记了。人们对石头和黑子的记忆，大概就像风吃进了泥土，消失得没有一点声息。转眼就到了深秋的季节，杨树开始哗哗地落叶子了，地里的庄稼已经收完了，田野里空空荡荡了。谁也没有想到，那一天半夜，村民都已经睡熟了的时候，白子进了村子。张得法后来回忆说，他从来没有想到白子会来。

白子在李大贵家的门口凶猛地叫着。那尖叫声，十分有力，有一种曲铁盘丝的力量。村子里的空气，在白子的叫声里，都像弓箭一般扯得紧张了。李大贵家的院门，终于在白子的尖叫声中打开了。李大贵披着一件衣服，很生气地走了出来，刚刚要骂，却是一个字也说不出了。他的嘴巴空空地张着，合不上了。他看到了，他家的门前竟然拥满了猫。猫叫声越加凶猛了，他惊异地抬眼望去，整个村道上，也已经拥满了猫。多年之后，李大贵回忆这个情景，仍然心有余悸地说，他当时怀疑自己是在做梦。完完全全是一个噩梦。不仅是街上，而且空中也传来猫的叫声。李大贵惊得再抬头去看，惶恐得心跳几乎要停止了。他家的墙头上，房顶上，都站满了猫。猫们身上的毛都立起来，凶狠的目光聚光灯一般，盯着李大贵。李大贵后来回忆说，他从来不知道，猫的目光会是那样凶恶。他当时感觉自己就要被这些猫撕碎、吃掉了，他喃喃地："天啊，我这是做梦吗?"

大宝二宝愤怒了，它们猖猖地蹿了出来。但是，它们根本就没有料到，它们掉进了一个猫的世界里。或者说，它们在猫的河流里登时被淹没了。片刻工夫，大宝和二宝尖声叫着，遍体鳞伤地从这猫的河流里挣脱出来，万分狼狈地逃回了院子。

此时，睡梦中的村民们，纷纷被猫叫声惊醒了，他们感觉这恐怖的猫叫声，似洪水一般涌进李家庄的各个角落。他们慌乱地穿衣起来，推开街门去看，都惊得呆傻了。街上的景象骇人胆魄。月光如水，街道上拥着数不清的猫。似乎是猫的河在流，是猫的浪在涌。整个李家庄，已经成了猫的世界了。村子外面，也已经被猫们包围得风雨不透。有些村民后来说。他们开始还想数一数，有多少只猫。但是，他们很快就数不过来了，肯定是上万了。这些猫从何处而来? 它们如何聚集的呢? 这是一个谜，一个结结实实的无人可以猜破的谜。

时间过得真慢啊，像是停滞了一般。猫们，仍然凶顽地聚集在村主任家的门前。它们尖声叫着，那是一种丝毫不遮掩的挑衅和叫嚣的尖叫声。有的猫已经试探着向村主任家的大门踏入了。李大贵吓得慌了，他知道自己随时都可能被这些凶恶的猫撕碎，撕成烂棉絮一般。他后来说，他几乎是在一刹那间感觉到了，这么多来历不明的猫，肯定与死去的黑子有关。他泄气地回头大骂："大宝二宝，都是你们招惹的祸哟，你们给它们跪下。"

大宝二宝看了看李大贵，似乎非常不情愿那样去做。是啊，骄横跋扈惯了的大宝二宝，如何能向这些猫儿下跪呢？李大贵气愤地跑过去，奋力地踢着大宝二宝，嘴里还恶狠狠地骂着。大宝二宝在李大贵的驱赶下，便怯怯地走到了院门口，跪下了。垂下了它们高傲的头。

猫儿们一齐号叫着，那声音竟又不同于刚刚的叫声，充满了恶意，充满了凶残，显得更加恐怖。昂首站在猫的前列的，是白子。白子的目光如炬，恶毒地盯着大宝二宝。月光在白子的脸上一跳一跳的，是一种神秘与邪恶的气息，显得很不真实。

李大水和张得法也赶来了，张得法一眼就认出了白子，他惊慌地喊着："白子，白子。你怎么来了？你别闹了。好不好？"

李大水心慌地问："小张啊，你认得这只猫？"

张得法叹气："我怎么不认得，它是我们家的白子啊。"说完，就怯怯地喊道："白子啊，不要再闹下去了。"

李大水突然明白了什么似的，喊了一声："张得法，你喊黑子啊。"

张得法泄气地说："喊什么黑子啊？黑子早已经死了。"

李大水喊："你喊黑子的名字呀。"张得法恍然明白了什么，他立刻高声喊起来："黑子啊，白子闹事呢。"

白子听到了，突然直立起来，两只前爪举着，如电的目光逼视着张得法。张得法被白子看得心慌气短，他情不自禁地倒退了两步，大声喊起来："白子，你要干什么？"张得法清楚地听到了自己的声音，像被抽去了筋骨的树皮，一点力量也没有了。

白子仍然人似的直立着，两只眼睛迎着夜风，就像要随时随地向某个目标凶猛地扑过去。突然，白子落泪了，一双泪眼就直直木木地看着张得法。张得法看得心酸，不敢继续对接白子的目光，忍不住别过头去了。悠然神秘的夜风，漫天漫地刮过村道，白子突然用一种悠长且尖锐的声音吼起来，这吼声是嘶哑的，是粗粝的，像一把插电的电锯在人们的心头轰然穿透，听得人们毛骨悚然。张得法后来回忆说，那猫的叫声竟是如此惨烈，像一把把寒光凛然的刀子，天空一时被割得凌乱狼藉。月亮也像被重重地割伤了一般，无力地隐进了云层。也就是在猫儿们的叫声中，村民们都清清楚楚地听到了自己的心神，就在一刹那间，发出了一阵阵崩溃的声音。

白子昂着头，就那样僵直地抬着，泪水就那样无声地流着。空气凝固了，像一块巨大的尸布，笼罩在人们的头顶。人们失神了，或者说，魂魄出窍了。人们感觉到了时间的难堪，时间就在耳边，大风似的呼啸刮过，刮得人们心头一片茫然。似乎过了一千年，或者一万年的样子，白子再长长地一吼，突然转过身，像一只白色的精灵，向着村外方向，箭一般射去了。拥集在街道上的猫儿们，似一群训练有素的士兵，无声地闪开了一条通道，注目着白子蹿腾而去，然后，齐刷刷地调转头，尾随着白子，像一床陡然汹涌起来的河水，突然间折转方向，向村外滔滔奔腾而去了。

那天夜里，应该是一个极端恐怖的夜。站在村外的人们后来回忆说，他们正在恐惧中茫然不知所措的时候，猛然惊奇地看到，铁桶般围住村子的猫们，突然绝尘而去，也就是几分钟的时间。是啊，无数只猫，风一般向空旷的田野散去，转眼之间，全部消失了。人们的视野里，只剩下空荡荡的田野。哪里还有一只猫儿的影子呢？张得法后来对我讲，当时人们都呆呆怔怔地站在村外，都感觉到自己刚刚是在做梦。一个不可破译的噩梦，人们感觉到一切都虚幻得不真实了。

月光下的村道，又恢复了夜晚的安静。只是这种安静气氛，空洞极了，是整个村子被掏走了心脏般的那种空洞，没有了一点儿力量。

李大贵从院子里走出来，步子有些踉跄，像刚刚患了一场大病，显得十分软弱。月光下，他怯怯的脸色很狼狈，声音有些浮肿，他含糊不清地喊了一句："大水啊……"之后，就颓丧地坐在了街上。许久，他软软的声音问李大水，也好像问自己："……这是怎么回事嘛？"李大水痛苦地摇摇头："……我的主任哟，我哪里知道嘛。"李大贵转身看大宝二宝，它们卧在院子门口，身体仍然在微微颤抖。

三十年后，张得法用一种灰暗的声音给谈歌讲这个故事的时候，我们正在茶楼喝茶。茶，是特级的铁观音，泡开之后，有一种很远古的浓香飘散开来。饮下去，只觉得这香味是从历史的某一个地方升腾着，非常遥远。

张得法讲完了这个故事之后，似乎花费了很大的力气，他的面色有些苍白，目光十分凄楚，他涩涩地说："我一辈子也忘不了那个场景了。"

谈歌"哦"了一声，冷静地问："表哥啊，有几个问题：第一，白子怎么知道黑子已经死了的呢？第二，白子并没去过李家庄，怎么找到李家庄的？保定市距离李家庄有七十多里路呢。第三，怎么会有那么多的猫呢？它们都是从哪里来的呢？它们又是如何聚集的呢？"

张得法凄惨地一笑，他的笑容愈加灰凉了，他缓缓地摇头："我也不知道，它是怎么找了去的呢？是啊，还带了那么多猫。它们是怎么集聚？又是怎么找去的呢？或许是上天给它们发了路条？你说呢？"张得法盯着谈歌，似乎想要谈歌说出答案。

谈歌沉默了一下，终于问到了那个问题："白子后来如何了？"

张得法哑然无语，许久，才低声回答："我再也没有见到过它啊。"说罢，他转过头去，呆呆地望着窗外，正值中秋，窗外的风已经有了些劲道，带着一种金属般的脆脆的声音，爽明地吹过。天上有几片白色的云在游移，荡漾着一片遥远而且神秘的气息，这气息浓郁得化不开。张得法灰凉的目光盯住了那游移的白云，叹道："表弟啊，你看到了吗？白子，白子就是那种颜色的哟。"

谈歌一时无言，盯看着天空中那几片缓缓移动的白云，刹那之间，谈歌突然感觉到有些炫目，感觉到岁月像浩荡的长风一般扑面而来。谈歌的眼睛悄然潮湿了，便端杯饮茶。

茶，竟然变得全无滋味。那久远的香味，已经荡然无存。